dtv

In ihrer Kindheit war Herrn Zambonis Friseurladen für Luisa der Inbegriff von Geborgenheit: Im Schaufenster lag der kleine Hund des Inhabers, es duftete nach Shampoos und Schönheit, es gab ein Tässchen Tee – hier war die Welt noch in Ordnung. Herr Zamboni ermutigte Luisa immer wieder, von ihrem Alltag zu erzählen. Doch nicht für alles, was sie erlebt hatte, fand sie Worte. Luisas Kindheit war von Gewalt bestimmt, von einem schlagenden Vater, einer weinenden Mutter, drangsalierenden Mitschülern. Als Mittzwanzigerin hat sie sich eingerichtet in ihrem Leben, so scheint es. Doch die Vergangenheit lässt sie nicht los und überschattet ihre Beziehung zu Frank, einem Unternehmensberater, dessen Wochenendgeliebte sie wird. In Valérie, der Kioskbesitzerin, findet sie eine Freundin mit einer ähnlichen Vergangenheit. Bis sie entdeckt, dass Frank und Valérie sich kennen – und tiefer in Franks Leben eindringt, als diesem lieb ist.
In ihrem Debütroman erzählt Melinda Nadj Abonji eindringlich und mit vielen Taktwechseln von der traumatisierenden Wirkung von Gewalt, vom Schmerz, der unter einer nur scheinbar kontrollierten Oberfläche brodelt – und einer Ahnung vom Glück.

Melinda Nadj Abonji, geboren 1968 in Becsej, Serbien, zog 1973 mit ihrer Familie aus dem ehemaligen Jugoslawien in die Schweiz. Sie studierte an der Züricher Universität und ist seit vielen Jahren als Schriftstellerin und Musikerin tätig. Ihr 2010 erschienener Roman ›Tauben fliegen auf‹ wurde sowohl mit dem Deutschen als auch mit dem Schweizer Buchpreis ausgezeichnet. Melinda Nadj Abonji lebt in Zürich.

Melinda Nadj Abonji

Im Schaufenster im Frühling

Roman

Deutscher Taschenbuch Verlag

Von Melinda Nadj Abonji
ist im Deutschen Taschenbuch Verlag erschienen:
Tauben fliegen auf (14078)

2012 Deutscher Taschenbuch Verlag GmbH & Co. KG,
München

Der Roman erschien erstmals 2004 im Ammann Verlag,
Zürich.
Umschlagkonzept: Balk & Brumshagen
Umschlaggestaltung: Wildes Blut, Atelier für Gestaltung,
Stephanie Weischer unter Verwendung eines Fotos
von plainpicture / Astrid Doerenbruch
Druck und Bindung: Druckerei C. H. Beck, Nördlingen
Gedruckt auf säurefreiem, chlorfrei gebleichtem Papier
Printed in Germany · ISBN 978-3-423-14150-5

I

Luisa Amrein hatte damals eine grüne Haarschleife bekommen. Sie passte gut zu ihrem Haar, das lang und blond war. Sie erinnert sich, wie sie sich vorzustellen versuchte, wie sie mit der Haarschleife aussieht. Vielleicht bemerken heute alle ihr Haar, sie trägt es absichtlich in Fetzen. Damals sah sie ihren Hinterkopf mit der grünen Schleife und es konnte ihr nicht so recht gefallen.

Damals war 1977. Luisa schob einen Kiesel über die Strasse und überlegte, wie sie mit der Schleife schön sein kann. Später sah sie im Fernsehen Frauen, die schnell und fröhlich liefen, ihre Haare wippten dabei. So hatte sie sein wollen.

Im Frühling schnitt ihr Herr Zamboni die Haare. Sein Hund schlief im Schaufenster, in dem ein Foto mit Haarschnitt hing. Immer hielt Luisa Ausschau nach Hunden in Schaufenstern. Als sie Jahre später in Wien einen entdeckte, ließ sie sich die Haare schneiden. Luisa fühlte sich glücklich im Friseurstuhl, sie schloss die Augen, dachte an Herrn Zamboni und seinen Hund, der leise vor sich hin pfiff. Wenn Luisa jetzt einen Hund im Schaufenster sieht, lässt sie sich die Haare nicht mehr schneiden, weil sie die Haare in Fetzen trägt.

Du hast ein schönes Kleid, sagte Herr Zamboni. Das Kleid hatte kleine Blumen. Luisa freute sich. Er schnitt ihr das Haar bis zu den Ohren, so hatte sie es gewünscht. Was wird mit deiner Haarschleife, fragte er. Ich schenke sie meiner Puppe.

Die Puppe sitzt immer noch auf dem Sofa, mit hellen Augen und ausgebleichter Haarschleife, Herr Zamboni ist vor einem Jahr gestorben.

Herr Zamboni hielt ihr den Spiegel hinten an den Hals und fragte, was ist das. Luisa schaute sich die Frisur an und sagte, es ist schön, mein Kopf ist wie ein Ball. Herr Zamboni zeigte auf die roten Streifen am Hals.

1977 begann die Schule. Vor der Schule gab es im Frühling im Boden viele Würmer. Luisa hatte gelernt: ein zweigeteilter Wurm lebt weiter. Sie wollte es versuchen und mit einer kleinen Schere halbierte sie die Würmer. Manchmal aber bewegte sich ein Teil des Wurmes nicht mehr. War es der hintere oder der vordere Teil.

An Luisas Kommunion aß die Tante Schnecken und Luisa fragte, ob die Häuser weiterlebten. Mein Dummes, lachte die Tante und hatte eine halbe Schnecke im Mund. Inzwischen ist die Tante verschollen. Auch sie hatte einen Hund. Er brach sich beim Kampf mit einem größeren Hund den Kiefer und von da an hing seine Zunge aus dem Maul. Mein erschöpfter, kleiner Hund, sagte die Tante und weinte. Vielleicht liegt die Tante irgendwo am Strand und isst Schnecken.

Wieso 1977.

Herr Zamboni stellte Fragen. Er streichelte Luisa das Haar und rief seinen Hund. Luisa hatte Herrn Zamboni nicht verstanden und konnte nichts antworten. Es dampfte und pfiff aus der kleinen Küche nebenan. Herr Zamboni liebte schwarzen Tee. Der kommt von sehr weit her, sagte er oft. Und meistens erzählte er dann. Es begann immer mit, zweimal war ich weit weg gewesen, und Herr Zamboni streichelte seinen Hund. Luisa hörte ihm gerne zu.

Es verstrich die Zeit, bis Luisa sich an jenen Frühlingstag bei Herrn Zamboni erinnerte. Im Pfarreizentrum sah sie ein Plakat. Eine weißgekleidete Frau hatte ihre Hand auf einem schwarzen Kind. Die ganze Klasse verkaufte Nüsse und Bananen für die Kinder, die sehr mager waren. Der Pfarrer sagte, es ist unrecht, wenn die Kinder Not leiden. Das hatte Herr Zamboni auch gesagt. Seither mochte Luisa Bananen und Nüsse.

Wie kam es dazu.

Auf ihrem Schulweg passte Sonja Schuhmacher Luisa ab. Sonja war älter und stark. Später sahen sie sich zufällig wieder. Sonja trug eine Uniform, einen Hut und feste Schuhe. Nachdem sie sich eine Weile angeschaut hatten, verabschiedeten sie sich. Luisa lief ein paar Mal durch die Drehtür des Warenhauses, bevor sie ins Freie trat und so lange auf einen Briefkasten schaute, bis eine alte Frau sich neben sie hinstellte und von ihrer Tochter in Chile erzählte.

Damals drückte Sonja Luisa die Hände auf den Rücken und entführte sie zum Waldrand. Sie wehrte sich nicht, als Sonja ihr die Hände fesselte und das T-Shirt zerriss. Luisa war aufgeregt. Es galt als Ehre, von Sonja Schuhmacher entführt zu werden. Da sagte Sonja, während sie die Fesseln löste, du hast Streifen auf dem Rücken, damit habe ich nichts zu tun, und lief davon.

So kam es, dass sich Luisa fürs Turnen in der Toilette umzog. Niemand fragte nach dem Grund, darüber wunderte sie sich, aber es war ihr recht. Luisa war gern auf der Toilette, sie buchstabierte die Kritzeleien und lernte die besten auswendig. Wenn ihr danach war, sagte sie einen Spruch vor sich her.

Stell dir vor, es ist Krieg und keiner geht hin. Auch diesen Satz las Luisa, verstand ihn aber nicht. Im Fernsehen sah sie einen Film über den Krieg. Dort ging niemand irgendwohin. Alle waren da, wo sie schon immer waren. Zu Hause. Sicher war, dass die Menschen Hunger hatten, die nirgendwohin gingen. Sie waren dünn. Der Krieg war so, wie wenn Luisa jeden Tag, jahrelang, hungrig zu Hause bleiben würde.

Und Luisa dachte, dass es im Krieg jeden Tag Bomben gäbe. Aber so war es nicht. Manchmal gab es Bomben und Luisa merkte: nicht alle waren zu Hause geblieben. Das Schlimmste schien Luisa zu sein, dass die einen gingen und die anderen blieben. An dieses Gefühl erinnert sie sich gut.

Luisa glaubte, es sei Krieg, weil immer die einen gingen und die anderen blieben. Wenn also Nataschas Mutter zu Hause war, während ihr Vater arbeitete, sagte Luisa, es gibt Krieg. Bis Nataschas Mutter ihr erklärte, das ist so. Das ist normal. Es ist nicht wie im Krieg, der Vater kommt am Abend wieder nach Hause. Wenn er lange wegbleibt, dann gibt es eine Art Krieg, das nennt man aber Streit, sagte Nataschas Mutter. Ab und zu macht Luisa heute Witze und sagt zum Schluss, das ist normal.

Wie kam es dazu.

Es war bereits heiß draußen, als Natascha bei Luisa übernachtete. Luisa mochte Natascha gern, weil sie dickes Haar hatte und einen Vogel mit kurzen Beinen. Irgendwann in der Nacht bellte ein Hund und Natascha stieg zu Luisa ins Bett und flüsterte, ich habe Angst. Es stürmt, sagte Luisa, schlaf weiter. Am Morgen flüsterte Natascha, es war kein Sturm, sondern dein Vater. Am Nachmittag lagen sie auf der Wiese, sie steckten sich Blumen ins Haar. Luisa fragte Natascha, ob ihr Vater es nicht tut. Natascha sperrte die Augen auf und sagte, nein. Auch die Väter von anderen Kindern tun es nicht. Luisa glaubte Natascha nicht.

Luisa rannte zu Herrn Zamboni, setzte Wasser auf und hielt ihr Ohr ans Radio. Was hast du, fragte Herr Zamboni. Ich hasse Natascha, antwortete Luisa. Habt ihr euch gestritten? Ja, sagte Luisa. Herr Zamboni gab ihr ein Stück Kuchen und wusch die Haare von Frau Klamett.

Es war ein ähnliches Gefühl. Die einen gehen, die anderen bleiben. Und doch war es ganz anders, das wusste Luisa Jahre später. Für sie war normal, was für andere nicht normal gewesen war. Das merkte Luisa. So kam es dazu, dass sie heute Witze macht und zum Schluss sagt, das ist normal.

Im Herbst 1977 lernte Luisa, nachdem sie lesen gelernt hatte, schreiben. Sie schrieb mühsam, das trieb der Lehrerin den Zorn in den Kopf. Sie schlug Luisa aufs Ohr. Dann weinte die Lehrerin in die Klasse hinein und schluchzte, sie habe es nicht gewollt.

Als Luisa nach Hause kam, schlug der Vater sie ins Gesicht und Luisa zählte. Rechnen hatte sie mit farbigen Stäbchen gelernt. Und Luisa rechnete gern. Der Vater weinte nicht, sondern schrie und Luisa hörte, dass sie anders war als andere Kinder. Der

Vater hob seine Finger und Luisa dachte, der Fünferstab ist grün. Luisa zählte. Fünf und fünf und fünf. Und dann zählte Luisa rückwärts, das war schwieriger. Der Vater ging und Luisa vergrub ihre Hände im Kissen.

Aber als die Kastanien rumlagen, traf Luisa Antonella Fotti. Ich kannte eine, die lebte in der kleinsten Wohnung der Welt, erzählt Luisa heute, wenn es um Wohnungen geht. Genaugenommen war es keine Wohnung, sondern ein langes, schmales, mit Tüchern unterteiltes Zimmer. Beim schräg geöffneten Fenster im Zimmer, da kochte Frau Fotti. Antonellas Wohnung war ein Teil des Daches, wo die Tauben saßen. Antonella hatte ein rundes Gesicht, schwarze, kurze Haare und sah aus wie Frau Fotti. Es war ein Glück, Antonella zu kennen, weil Antonella so war wie Luisa.

Luisa war mit dem Hund ihrer Tante bei Antonella zu Besuch. Da kam Herr Fotti von der Eisenbahn nach Hause. Herr Fotti schrie, wie wenn es viele Herren Fotti in der Wohnung gegeben hätte. Vielleicht war es auch nur, weil die Wohnung so klein war. Antonellas Vater packte den Hund und schleuderte ihn aus dem Fenster. Der Hund der Tante hatte dann eine Gehirnerschütterung und Luisas Tante glaubte, ihr Hund hätte den Kampf gegen den anderen Hund nicht verloren, wenn Herr Fotti ihn nicht aus dem Fenster geworfen hätte.

Es begann die Zeit mit Antonella Fotti.

Sie spielten da, wo das Dorf fast zu Ende war und niemand mehr wohnte. Luisa und Antonella legten Steine in die Hütte. Luisa zählte sie, es mussten immer gleich viele sein. Die eine bewachte die Steine, die andere versuchte sie zu stehlen. Waren alle Steine gestohlen, setzten sie sich in die Hütte, klammerten sich aneinander und flogen davon. Wir sind der größte Vogel, riefen sie. Oft waren auch andere Kinder da, sie spielten das Spiel mit den Steinen und Luisa und Antonella waren stolz, dass es ihr Spiel war.

In Wien fragt Luisa irgendwelche Leute auf der Straße, was tun Sie den ganzen Tag? Der erste sagt, Witzbold, und geht weiter. Die zweite fragt, und was tun Sie Aufregendes? Die dritte lacht in sich hinein, das Leben ist ein Spiel. Luisa fragt, wie meinen Sie das? Darüber brauchen Sie sich keine Gedanken zu machen. Ich habe alles da drin, und sie zeigt auf die Taschen in ihren Händen und erzählt von ihrem Leben.

Antonella hatte eine Puppe, die gefiel ihr ganz gut. Sie brachte sie mit ins Versteck. Luisa sagte, deine Puppe hat lange Haare. Ja, sagte Antonella, wir schneiden ihr die Haare. Nein, wir reißen ihr die Haare aus. Antonellas Augen leuchteten. Luisa riss auf der einen Seite, Antonella auf der anderen und sie keuchten, weil es anstrengend war.

Beim nächsten Mal brachte Luisa eine Puppe mit, die sie zu Weihnachten bekommen hatte. Sie drückten der Puppe einen stumpfen Nagel in die Augen. Mit einem Stück Blech feilten sie an ihren Haaren. Dann setzten sie die beiden Puppen nebeneinander und hielten sich an ihren Fingern.

Als sie sich wiedersahen, hatte Antonella im Gesicht blaue Flecken. Wegen der Puppe, sagte Antonella. Luisa sieht Antonella vor sich, mit ihren schwarzen Augen, nie hat Luisa Antonella weinen sehen. Aber manchmal war Antonella sehr wütend. Frau Fotti war nie wütend, dachte Luisa. Wieso bist du so wütend, fragte Luisa und Antonella sagte, ich werde ihn töten. Weißt du, was Rache ist, fragte Antonella. Das war zwei Jahre später. 1979. Kurz vor der Kommunion. Sie saßen im Wald und hatten ein Feuer gemacht. Luisa wusste es von den Filmen, Antonella hatte es von ihrem Bruder.

Wie kam es dazu.

Frau Fotti nähte die Kleider für Antonella. Die Augen hat sie sich verwüstet, denkt Luisa, sie arbeitete auch für andere Leute. Vom Sofa aus sah Luisa Frau Fotti nicht, nur die Nähmaschine. Antonella aber wollte die Kleider nicht tragen. Sie wollte ein Kleid aus dem Warenhaus. Luisa konnte das verstehen.

Im Frühling 1978 hüpfte einer hinter ihnen her und rief, du Restposten, und Antonella fragte Luisa, was er damit meine. Luisa wusste es auch nicht und sie gingen zu Herrn Zamboni. Luisa und Antonella waren schon oft bei ihm gewesen. Sie schauten sich die Hefte an und die Frisuren, die Herr Zamboni schnitt. Der Polizist wollte nicht, dass Luisa und Antonella schauten. Weil Kinder lange schauen, sagte Herr Zamboni und schickte sie weg. Und so fragten sie immer, kommt der Polizist heute, und meistens sagte Herr Zamboni, nein.

Antonella fragte, was sie fragen wollte, und Herr Zamboni machte große Augen, zeigte auf die Haare am Boden und sagte, das ist so was wie ein Restposten. Wahrscheinlich hatte Herr Zamboni etwas geahnt. Mein Hund ist auch ein Restposten, sagte er, ich habe ihn gefunden und bei mir behalten.

Luisa war dabei, als Antonella ihre Mutter anschrie, ich trage die Kleider nicht mehr. Frau Fotti verschluckte sich und sagte das, was sie noch nie gesagt hatte, nämlich, warte, bis der Vater von der Eisenbahn nach Hause kommt. Antonella glaubte es nicht, aber als der Vater kam, schluchzte Frau Fotti und Herr Fotti prügelte Antonella, bis Luisa schrie.

Seither sagte Antonella, ich gehe weg, statt, ich muss nach Hause.

An diesem Abend dachte Luisa an Nataschas Mutter. Die einen bleiben und die anderen kommen wieder nach Hause. Das ist Krieg, dachte Luisa. Nataschas Mutter hatte es ihr anders erklärt. Aber Luisa glaubte es nicht mehr. Ich habe Streit mit Natascha und gehe nicht mehr zu ihr. Richtiger Krieg ist, wenn die einen bleiben und die anderen wiederkommen. Dann schlief sie ein.

Am nächsten Tag wollte sie es Antonella sagen, Antonella aber kam die nächsten Tage nicht zur Schule. Im Briefkasten lag ein kleiner Zettel, auf dem stand, du bist meine Freundin, und Luisa beschloss, immer mit Antonella zusammenzubleiben. Sie versteckte den Zettel unter dem Kopfkissen.

Es war wieder heiß, als Antonella und Luisa ein Mädchen auf die Wiese außerhalb des Dorfes lockten. Sie zerrten an ihren Haaren und schlugen auf ihre Waden. Das Mädchen weinte. Luisa und Antonella hatten es nicht abgemacht. Es war einfach normal. Nachdem sie dem Mädchen den Kopf auf den Boden gedrückt hatten, ließen sie es laufen. Dann hielten sie sich an den Fingern und Luisa küsste Antonella zum Abschied.

Das war 1978.

Antonella und Luisa hatten Schwestern. Sie waren kleiner. Antonella und Luisa füllten Rucksäcke mit Steinen, zu den Schwestern sagten sie, kommt, wir machen eine Schulreise. Es wird schön, und Antonella zwinkerte Luisa zu. Einige Jahre später schlug Luisas Schwester Luisa, Antonella war wieder in Italien. Und die Welt drehte sich in die verkehrte Richtung.

Luisa und ihre Schwester waren im Kinderzimmer. Die Farben des Teppichs hatten Luisa gefangengenommen, es kam ihr alles sehr hässlich vor. Aber sie wusste nicht, wie es hätte besser sein können. Luisas Schwester malte. Luisa sah die Stifte kreisen und sie packte ihre Schwester am Schopf. Das war nichts Außergewöhnliches. Luisa schlug ihre Schwester, Luisa hatte den Grund vergessen, ihre Schwester weinte. Das gehörte dazu. Dann aber stand Luisas Schwester auf, schaute Luisa fest an und schlug sie auf den Kopf und Luisa weinte.

Antonella hatte sich beim Baden den Knöchel verstaucht. Das Mädchen von der Wiese trommelte eine Gruppe zusammen. Sie umkreisten Antonella, stießen sie, traten ihr auf die Füße. Es war die Gelegenheit, weil Antonella sonst davongerannt wäre, sie war immer die Schnellste. Mit einem Stock trieb Frau Leuenberger die Kinder auseinander. Antonella war verletzt und Luisa wütend. Antonella sagte, es tut nicht weh, zu Hause gibt's auch Schläge. Luisa wusste, dass Antonella recht hatte, weil es ihr damals auch nicht richtig weh tat. Erst als Luisas Schwester Luisa auf den Kopf schlug, fing es an, anders weh zu tun.

Luisa spielte das Kind, Bernhard Tobler den Leh-

Bon

Buchhandlung am Löhberg Nr.

Am Löhberg 4
45468 Mülheim an der Ruhr
Telefon 0208-74049380
Telefax 0208-74049381

Kasse 1 15.10.2012
Beleg 33030

Matchcode

Anz.	Einzel EUR	Gesamt EUR
Abonji Im Schaufenster im Frühling		
1	8,90	8,90

Summe:	8,90
Gegeben	8,90
Rückgeld	0,00

---

enth. MWSt zu 7 % 0,58 EUR

Zahlung: Bar

Nettobetrag: 8,32 EUR
Vielen Dank für Ihren Einkauf!
St.-Nr. 120/5064/1659

rer. Sie probten ein Theaterstück in der Schule, im Winter 1978. Bernhard hatte einen Stecken in der Hand, damit zeigte er auf die Wandtafel und Luisa hörte ihm zu. Bei der Vorführung aber kniete Luisa vor Bernhard nieder. Und niemand außer Antonella wusste, was los war. Luisa erinnert sich an Bernhards geringelte Socken, die aus den Hosen schauten, solche hatte sie noch nie gesehen.

Herr Zamboni sagte zu Luisa, du hast schön gespielt. Er streichelte ihr das Haar und rief seinen Hund. Luisa erzählte Herrn Zamboni von Bernhards geringelten Socken und dass sie ihm einen Brief schreiben wolle. Herr Zamboni schenkte ihr eine Schuhschachtel mit Filzstiften. Zwanzig, zählte Luisa und sie war glücklich. Luisa schrieb einen richtigen Brief mit einer Zeichnung und besuchte Bernhard in seinem Zimmer.

Das Zimmer war sehr groß und Bernhard hatte keinen Vater. Wo ist deine Mutter, fragte Luisa, sie arbeitet, antwortete Bernhard. Beim Schulbesuch sah Luisa Bernhards Mutter, sie hatte eine hohe Frisur und an jedem Finger einen Ring. Luisa hatte noch nie eine solche Mutter gesehen und sie dachte, es müsse mit den Socken zu tun haben. Bernhard machte Brote, das fand Luisa beeindruckend, Bernhard aber sagte, das ist normal.

Er zeigte Luisa seine Spielsachen und sie erinnert sich an die vielen Roboter, damals war das eine Sensation. Bernhard kannte all ihre Namen und Luisa merkte, dass Bernhard seine Roboter liebte.

Luisa erzählte es Antonella und sie spielten, was sie noch nie gespielt hatten. Sie spielten Mutter und Kind, sie spielten Bernhard und Bernhards Mutter.

Luisa und Antonella waren aufgeregt, sie malten Ringe um Antonellas weiße Socken. Und die, die Bernhard spielte, machte Brote.

An einem Tag im Winter 1978 spielten sie Roboter und Antonella konnte mit Luisa tun, was sie wollte. Antonella hatte Luisa ausgezogen, da kam Frau Fotti zur Tür herein. Frau Fotti ließ die Tasche fallen und streckte ihre Hände zum Dach. Antonella und Luisa konnten nichts sagen, weil sie nicht wussten was. Sie sahen, dass Frau Fotti sehr aufgeregt war. Dann durfte Luisa Antonella nicht mehr besuchen und Antonella war sehr wütend.

Es verstrich die Zeit, bis Luisa sich an jenen Frühlingstag bei Herrn Zamboni erinnerte. Das Pfarreizentrum wurde für die Kommunion geschmückt. Luisa und Antonella standen vor einem Plakat. Eine weißgekleidete Frau hatte ihre Hand auf einem schwarzen Kind und sie fragten den Pfarrer, weshalb die Frau das mache. Der Pfarrer sagte, es ist unrecht, wenn die Kinder Not leiden. Das hatte Herr Zamboni auch gesagt. Die ganze Klasse verkaufte dann Bananen und Nüsse für die Kinder, die sehr mager waren. Seither mochte Luisa Bananen und Nüsse.

Das war im Frühling 1979.

Und nie aß Luisa das eine ohne das andere.

Antonella und Luisa saßen im Wald und machten ein Feuer. Weißt du, was Rache ist, fragte Antonella. Luisa wusste es von den Filmen, Antonella hatte es von ihrem Bruder. Die Kartoffeln lagen eingepackt im Feuer und Luisa fühlte, dass Antonella sehr ernst war. Ich werde ihn töten und das ist Rache, sagte Antonella. Luisa wusste später, dass es so nicht gehen konnte. Rache ist, wenn jemand schon tot ist. Jemand anderes hätte es für Antonella tun müssen.

Antonellas Vater kam von der Eisenbahn nach Hause und für den Abend waren die Fottis eingeladen. Antonella hatte keine Lust, Frau Fotti sagte schnell, Antonella müsse still sein. Antonella war nicht still und Herr Fotti prügelte sie ins Auto.

Im Festsaal im Restaurant saß Antonella unter dem Tisch, nachdem sie alle angeschaut hatte. Dann sah Antonella die Schuhe der Erwachsenen und sie waren alle gleich und Antonella sagte später, am liebsten hätte ich geweint.

Sie war fast schon eingeschlafen, als Herr Fotti sie unter dem Tisch hervorzog. Er hatte ein Stück Schinken gewonnen und Antonella hatte ihn noch nie so gesehen, er war fröhlich. Sie fuhren durch den Wald, Herr Fotti wurde immer fröhlicher, er fuhr immer schneller und Antonella umklammerte den Sitz der Mutter. Warum will der Vater so schnell nach Hause, flüsterte Antonella der Mutter ins Ohr. Die Mutter bewegte die Lippen, aber Antonella konnte nicht verstehen, was sie sagte.

Zuerst hatte die Straße Kurven, nachher ging es immer geradeaus. Der Vater drückte auf die Hupe und sang. Plötzlich wurde es hell im Auto, zwei Lichter rasten auf uns zu. Die Mutter faltete die Hände, ich duckte mich zwischen die Sitze, jetzt ist es aus, dachte ich. Luisa sah alles vor sich und hielt Antonella an den Fingern. Und dann sagte Antonella, ich werde ihn töten.

Auf dem Foto lächeln seine Augen hinter den dicken Brillengläsern. Der Pfarrer steht in der Mitte, Luisa und Antonella stehen rechts außen, alle Kinder tragen weiße Kutten mit einer Kordel. Es war ein heißer Tag und Luisa erinnert sich, wie sie dem Pfarrer auf die Schuhe sah, die so waren wie andere Schuhe auch.

Vor der Kirche fragte Luisa Herrn Zamboni, weshalb der Pfarrer solche Schuhe habe, und Herr Zamboni sagte, der Pfarrer sei wie andere Menschen. Antonella aber sagte, der Pfarrer habe keine Frau. Herr Zamboni antwortete, er habe auch keine Frau. Luisa und Antonella sahen sich an, sie hatten es nicht gemerkt. Herr Zamboni hatte ihnen hohe Frisuren gemacht.

Im Pfarreizentrum tranken sie alle Orangensaft. Und Luisa und Antonella sangen ein Lied. Dann sagte Antonella, ich habe fast nicht singen können, ein Stück vom Brot klebt mir im Mund. Der Leib Christi, dachte Luisa.

Fürs Kommunionsessen hatte Luisas Tante Schnecken mitgebracht und Luisa mochte die Tante, weil sie rote Lippen hatte und einen Hund. Luisa fragte die Tante, ob die Häuser weiterlebten. Mein Dummes, lachte die Tante und hatte eine halbe Schnecke im Mund. Luisas Eltern wollten keine Schnecken, der Tante machte es nichts aus und Luisa überlegte, ob Antonella Schnecken essen würde.

Am Nachmittag klingelte das Telefon und es war die Polizei. Antonella hatte die Wohnung angezündet. Antonellas Wohnung war ein Teil des Daches, wo die Tauben saßen. Und Luisa rannte dahin, wo Antonellas Wohnung gewesen war. Das Dach brannte, das ganze Haus brannte und ein anderes Haus brannte auch. Luisa dachte an Antonella, es kam ihr traurig vor.

Jahre später, in Wien, explodierte eine Gasleitung im Haus um die Ecke. Luisa starrte stundenlang in die Flammen, zählte dann die Schritte bis zu ihrer Wohnung und blieb die nächsten Tage im Bett. Sie dachte an Antonella und daran, was normal war. Inzwischen wusste Luisa, dass das keine einfache Frage war.

Der Polizist stellte Fragen. Luisa schaute ihn an und sagte nichts. Er wollte wissen, wo Antonella war, Luisa wusste es, wo anders hätte sie sein sollen. Der Polizist holte Herrn Zamboni, aber Herr Zamboni streichelte Luisas Haar und seinen Hund. Der Polizist hatte sie gelehrt, über die Straße zu gehen, und Antonella und Luisa hatten über seinen fetten Bauch gelacht. Dann sagte Luisa, ihr Bauch ist größer als ihre Haare, da packte der Polizist Luisas Ohren und Herr Zamboni wurde wütend.

Sonja Schuhmacher war die Tochter des Polizisten. Als Sonja und Luisa sich Jahre später trafen, wussten sie nicht, was sie sich hätten sagen können. Sonja war jetzt auch bei der Polizei und Luisa fühlte sich betrogen, weil es immer als Ehre gegolten hatte, von Sonja Schuhmacher entführt zu werden. Luisa hatte den Polizisten nie gemocht und sie schwieg, auch als ihr Vater sagte, warte nur.

Sie fanden Antonella trotzdem. Antonella merkte es nicht, sie war bewusstlos. Das war drei Tage, nachdem das Feuer gelöscht worden war. Außer Antonella war niemand verletzt, nur die beiden Häuser standen nicht mehr. Luisa besuchte Antonella im Spital und Herr Zamboni war dabei. Antonella hatte kleine Augen und für Luisa blieb Antonella die gleiche, obwohl die anderen mit dem Finger an die

Schläfe tippten. Herr Zambonis Hund drückte seine Schnauze auf den Boden und suchte etwas, du wirst nichts finden, sagte Herr Zamboni, daran erinnert sich Luisa gut, weil Hunde sonst immer etwas finden. Sie aßen von den Süßigkeiten, die Herr Zamboni mitgebracht hatte, und im Zimmer wurde es dunkel.

Später wusste Luisa, dass die anderen etwas nicht mitbekommen hatten. Und Luisa aß Bananen und Nüsse, denn was hätte sie sonst tun können. Diese Frage stellte sie sich oft, als sie älter war.

Und dann ging alles schnell. Als Antonella wieder gesund war, wurde sie in ein Erziehungsheim geschickt, aber alle sagten, ins Heim für die Verrückten, und niemand durfte Antonella besuchen. Luisa schrieb Antonella und die Briefe kamen zurück, wenn ich immer an Antonella denke, kommt sie bestimmt wieder, dachte Luisa. Sie ging nicht mehr zur Schule, sondern machte aus ihrem Zimmer einen Bunker. Das heißt, die Tür wurde immer dicker und den Vorrat versteckte Luisa unter dem Bett.

Man kann nie wissen, sagt Luisas Nachbarin in Wien. Büchsen, Reis und Kartoffelsäcke, Zucker und Nudelpackungen stapeln sich in ihrem Keller. Wie ist es mit dem Verfallsdatum, fragt Luisa. Ich erneuere einmal im Jahr, und die alte Frau streckt Luisa eine Büchse Erbsen hin, die hier ist bald fällig, nehmen Sie! Dann steigt sie auf eine kleine Leiter, hängt eine Wurst vom Haken, die gehört natürlich dazu, sagt sie und hält sich die Wurst unter die Nase, Sie mögen doch Wurst, oder?

Damals, im Frühling 1979, hatte Luisa noch nichts gegessen, da wurde ihr Zimmer gestürmt. Ihr Vater nahm den Gürtel aus der Hose, Luisa merkte nichts. Die Zahlen zogen an ihr vorüber wie ein Zug. Luisa hatte daran gedacht, mit Antonella zusammenzubleiben, und jetzt war Antonella weg. Mit dem Kopf gegen die Wand kniete Luisa im Zimmer, bis du dich entschuldigst, sagte der Vater. Luisa kniete lange, sie wollte sich nicht entschuldigen, sie wusste nicht wofür. Die Mutter betete für Luisa und später wollte Luisa nicht mehr, dass die Mutter für sie betete.

Ein Jahr später wurde Antonella aus dem Erziehungsheim entlassen, weil die Fottis nach Italien zurückkehrten. Antonella und Luisa trafen sich bei Herrn Zamboni. Luisa schenkte Antonella ihr schönstes Schneckenhaus und Herr Zamboni blieb lange in der Küche. Luisa fragte Antonella, ob sie vor dem Feuer Angst habe. Nein, sagte Antonella, der Heilige Geist ist eine Flamme. Daran hatte Luisa noch nie gedacht.

Aber Antonella, was machst du jetzt, fragte Luisa. Ich weiß es nicht, antwortete Antonella. Auch in Italien bin ich im Heim und das macht mir nichts aus. Luisa wollte wissen, wie es im Heim sei. Wir müssen das tun, was sie uns sagen, und wenn wir allein sind, machen wir Spiele. Wir beschmieren uns mit Zahnpasta, stecken den Finger in den Hals, bis die Kotze kommt. Wir biegen die Zehen, damit sie knacken. Wenn uns jemand verrät, rächen wir uns, und Antonella erzählte lange.

Herr Zamboni hatte Tee gemacht und Luisa streichelte seinen Hund, weil sie wusste, dass Antonella wegging. Mit hohen Frisuren fotografierte Herr Zamboni Antonella und Luisa. Das schönste Bild kommt ins Schaufenster, sagte er leise. Und dann fotografierte Antonella Luisa mit Herrn Zamboni. Und Luisa fotografierte Antonella mit Herrn Zamboni.

II

Im Schaufenster hing das Bild von Antonella und Luisa. Luisa war stolz, auch wenn sie traurig war. Der Polizist aber wollte nicht, dass das Bild im Schaufenster hing, was denken Sie sich eigentlich, schrie er zu Herrn Zamboni. Es ist ein Bild wie jedes andere auch, sagte Herr Zamboni und der Polizist war wütend. Wollen Sie, dass ich Sie fotografiere, fragte Herr Zamboni und der Polizist ließ sich die Haare nicht mehr bei ihm schneiden. Wenn Luisa Herrn Zamboni besuchte, fragte sie, ob der Polizist da sei, und immer antwortete Herr Zamboni, nein.

Luisa dachte, jetzt bin ich ohne Antonella, und alles kam ihr schwierig vor. In der Schule lernte Luisa. Zu Hause antwortete Luisa. Sie grüßte, wenn sie gegrüßt wurde. Aber Luisa schwieg oft. Irgendwann wusste sie, dass es die anderen reizte. Immer meinten alle, sie wüsste es besser, weil sie schwieg. Luisa wusste es nicht besser. Antonella war weg, ganz einfach.

Jahre später wartete Luisa auf den Bus in Wien. Es schneite und der Bus kam nicht. Ein Mann zupfte an Luisas Arm und zeigte auf eine Flasche. Er streckte die Flasche von sich, kippte sie und die Flüssigkeit brannte Löcher in den Schnee. Er kniff ein Auge zu und fragte, was meinst du, was ist die Flasche jetzt wert? Luisa zuckte zusammen, weil sein Kopf so wackelte, als würde er im nächsten Moment runterfallen, da rief er schon, gar nichts, klemmte die Flasche unter den Arm und ging. Luisa blickte auf die Löcher im gefärbten Schnee und erinnerte sich durch diesen Vorfall an vieles, was sie inzwischen vergessen hatte. So ist das mit den Erinnerungen, sagt Luisas Nachbarin, sie überfallen einen und man weiß nicht wieso.

Ein Frühlingstag.

Der Abwart der Schule erklärte Luisa etwas. Er sprach laut und hob den Finger. Er sagte, hast du verstanden? Luisa sagte nichts. Er schrie sie an und sein Kopf kam näher. Hast du verstanden, schrie er. Luisa sagte nichts. Sie sah ihn und seine Haare auf dem Handrücken. Aus seinem Kittel holte er einen Schlüssel. Einsperren sollte man dich, und der Abwart drehte den Schlüssel in die Luft. Luisa fiel die Geschichte von Rapunzel ein. Herr Zamboni hatte ihr die Haare geschnitten, bis zu den Ohren, so hatte Luisa es gewünscht. Hat es dir die Sprache verschlagen, schrie der Abwart und Luisa konnte sich nichts darunter vorstellen. Sie machte keinen Wank. Der Abwart verfärbte sich bis zu den Ohren und verschwand im Lehrerzimmer.

Zu Hause schlug der Vater Luisa ins Gesicht, Luisa hielt still. Der Zehnerstab war orange. Sag etwas, schrie der Vater. Der Siebnerstab schwarz. Ich werde es dir zeigen, der Vater hatte eine dicke Ader am Hals. Der Zweierstab rot. Der Vater schrie bis in die Ecke des Zimmers und Luisa sagte, ja. Na also, und der Vater schwitzte. Teppiche sind gemustert. Der Vater wollte wissen, was mit dem Abwart war. Zimmer haben Betten. Fenster können geschlossen sein und das Einerklötzchen war weiß. Luisa zählte. Wirst du wohl reden, schrie der Vater, aber Luisa sagte nichts.

Krieg ist, wenn ich nach Hause komme, das war für sie normal. Luisa hatte etwas Wichtiges gemerkt.

Felix hatte die Banane aus Luisas Hand gekickt. Der Abwart sah die Banane im Dreck liegen und Felix war verschwunden. Mit Esswaren spielt man nicht, sagte der Abwart. Luisa sah die angebissene Stelle, die weiß war und jetzt schmutzig. Der Abwart nahm Luisa mit auf die Toilette, aber Luisa durfte die Banane nicht waschen. Du wirst sie essen, wie sie ist, sagte der Abwart. Dann erklärte er Luisa, was richtig ist und was falsch. Luisa schwieg und starrte ihm ins Gesicht. Es war ein warmer Frühlingstag, am Morgen hatte Luisa einen Schmetterling gesehen.

Ein Tag.

Luisas Eltern arbeiteten und Luisa war im Keller. Sie spielte. Sie sammelte Papierfetzen, ordnete sie nach Farben und legte sie unter den Schrank, wo die Winterkleider waren. Luisa stieg in die Schleuder. Vorher zog sie die Kleider aus und legte sie zu sich. Luisa kauerte nieder. Die Löcher im Tumbler machten sie schwindlig. Der Tumbler war rund wie Herr Zambonis Haartrockner.

Auf dem Dachboden entdeckte Luisa eine Truhe, darin waren Spielsachen und ein Buch. Durch die weite Welt, so hieß es, und auf dem Umschlag segelte ein Schiff im Wind. Oft trug Luisa das Buch in den Keller und wieder hinauf. Dann schaute sie die Bilder an. Sie lernte, die Tiere hinterlassen Spuren. Luisa malte Flecken auf ein Papier. Die Zeichnungen verteilte sie auf dem Dachboden und küsste dann das Buch.

Mit einem Stecken angelte sie unter den Holzlatten durch, in fremde Dachbodenabteile. Luisa wollte sehen, was unter den Tüchern versteckt war. Meistens waren es Schränke. Und dann entdeckte sie ein Bild mit einer großen Frau. Ihr Kleid war weiß und lang. Oben war das Kleid verrutscht und die Frau schaute nach hinten, zu den Bäumen. Luisa freute sich über das Bild, sie war aufgeregt. Wie damals, als sie in Bernhards Zimmer war.

Bernhard Tobler hatte seine Hose ausgezogen. Luisa konnte nicht anders als hinschauen. Bernhard sagte, er habe das im Film gesehen. Er legte seine Hände auf den Kopf und starrte Luisa an, du hast einen Mund wie Himbeereis, flüsterte Bernhard und Luisa bebte. Dann sagte Bernhard, zieh deine Hose aus. Luisa tat es. Auch sie legte die Hände auf den Kopf. Lange standen sie da und Bernhard sagte, komm nächsten Mittwoch wieder.

Luisa fragte Antonella, ob sie es wisse. Antonella sagte, sie habe es schon angefasst, groß wie eine Gurke sei es gewesen. Und die Großen seien besser, sie wisse es von ihrem Bruder. Er und seine Freunde hätten sie gemessen, im Wald, und Antonella hatte sich versteckt, ich hab's genau gesehen, sagte Antonella. Mein Bruder war der Größte, und Antonella drehte mit den Fingern eine Locke. Warum willst du's wissen? Nur so, antwortete Luisa.

Jeden Mittwoch war Luisa in Bernhards Zimmer. Luisas Absätze klapperten auf dem Holzboden und Bernhard hatte keinen Vater. Bernhards Roboter standen alle in einer Reihe. Sie können uns sehen, sagte Bernhard, Luisa zuckte zusammen. Wie meinst du das, fragte Luisa. Sie sehen uns, wie ich dich sehe, und Bernhard nickte mit dem Kopf. Luisa bat, er solle die Roboter zudecken. Aber Bernhard sagte, sie sind unsere Freunde, sie verraten nichts, und Luisa glaubte es. Bernhard zog seinen Pullover aus und Luisa flüsterte, du hast schöne Knöpfe. Luisa zitterte. Sie hatte ihre Filzstifte mitgebracht, zwanzig, rief Luisa. Bernhard malte seinen Lieblingsroboter auf Luisas Bauch. Luisa malte Streifen auf Bernhards Rücken.

Der Dachboden war staubig und hatte ein kleines Fenster. Luisa legte sich unters Fenster, verrieb den Speichel auf dem Bauch und malte. Sie dachte an Bernhards geringelte Socken und an Bernhards Mutter. Sie hatte eine hohe Frisur, an jedem Finger einen Ring und keinen Mann. Dann aber sagte Bernhard, ich habe einen neuen Vater und er hat weiße Haare. Und Bernhard war nicht mehr lange da. Und Antonella war im Erziehungsheim. Mit der Mutter, dem Vater und dem Auto fuhr Bernhard in ein Dorf am Stadtrand. Er schenkte Luisa zum Abschied einen Roboter. Er heißt Phantom, sagte Bernhard leise. Und Luisa schrieb einen richtigen Brief, lieber Bernie. Sie legte den Brief unters Kopfkissen.

Kriegsfilme kann man sich nicht bei normaler Lautstärke ansehen, sagte Herr Zamboni und drehte die Lautstärke des Fernsehers auf Null. Krieg ist lauter oder leiser, und Herr Zamboni erzählte ein einziges Mal von seinem Großvater. Stell dir vor, ein Granatsplitter wanderte jahrelang durch seinen Körper und traf irgendwann sein Herz. Luisa saß in Herrn Zambonis Küche, Herr Zamboni erzählte und im Fernseher bewegten sich die lautlosen Bilder. Seither dachte Luisa ans Herz von Herrn Zambonis Großvater, wenn von Bomben die Rede war.

Jahre später wachte Luisa mitten in der Nacht auf.

Herr Zamboni stand vor ihr, er hatte eine neue Frisur, seine Haare krausten sich in alle Richtungen, Herr Zamboni, flüsterte Luisa. Herr Zamboni zückte die Schere und den Kamm, er frisierte die Luft und lächelte. Woher kommen Sie, flüsterte Luisa.

Ein Tag.

Luisa las, für Kinder ist das Betreten verboten. Luisa war auf dem Dachboden. Sie schaute aus dem Fenster. Und sah die Tauben fliegen. In ihrem Buch stand, es ist ein Geheimnis, wie die Vögel fliegen. Luisa holte die Papierfetzen vom Keller. Sie faltete Vögel. Sie öffnete das Fenster und ließ sie fliegen. Und die Vögel fielen auf die Straße.

Mit einem Stecken angelte Luisa unter den Holzlatten durch. Luisa wollte sehen, was unter den Tüchern war. Sie entdeckte das schönste Bild der Welt. Eine Frau trug ein wallendes Kleid. Sie schaute nach hinten, zu den Birken, und Luisa fuhr mit dem Stecken langsam über den Stoff und immer tiefer in den Ausschnitt. Und der Ausschnitt und der Stoff hatten fast dieselbe Farbe. Luisa hörte die silbrigen Birkenblätter im Wind.

Dann zog Luisa ihre Bluse aus. Sie legte ihr Gesicht in eine Hand und blickte über ihre Schulter. Da stand ihre Mutter, hinter ihr hing die Wäsche. Luisa zählte, die Schritte der Mutter. Was machst du da, zischte die Mutter. Luisa sagte nichts. Wenn das der Vater sehen würde, die Mutter zerrte an Luisas Arm. Sie erklärte Luisa, sie dürfe das nicht tun. Kind, wieso spielst du nicht mit deiner Puppe, und Luisa schwieg. Die Mutter drückte sie mit den Armen und weinte. Luisa wartete, bis die Mutter damit aufhörte.

Antonella und Luisa spielten Roboter. Die eine

konnte mit der anderen tun, was sie wollte. Antonella zog Luisa aus. Sie sagte, du hast schöne Knöpfe. Antonella spuckte in die Hände und rieb Luisas Bauchnabel. Sie steckte Bleistiftstummel zwischen Luisas Zehen. Das sah komisch aus, Antonella und Luisa lachten.

Antonella holte den Hamster von den Nachbarn. Luisa musste sich auf dem Boden ausstrecken und Antonella legte den Hamster auf Luisas Bauch. Luisa durfte sich nicht bewegen und dann lachte Antonella und sagte, der Hamster hat dir auf den Bauch geschissen. Luisa lachte auch, da kam Frau Fotti mit Antonellas kleiner Schwester zur Tür herein. Frau Fotti ließ die Tasche fallen und es klirrte, weil die Flaschen kaputtgingen. Sie streckte ihre Hände zum Dach und sprach auf Italienisch, es klang wie do re mi, ganz schnell. Antonella und Luisa konnten nichts sagen, weil sie nicht wussten was. Sie sahen, dass Frau Fotti sehr aufgeregt war. Luisa zog ihren Pullover verkehrt herum an. Auf dem Rücken stand O. K.

Dann suchten sie eine ganze Weile den Hamster. Auch Frau Fotti kroch auf den Knien und Luisa sah ihre Unterhose. Sie war schwarz und glänzte, am liebsten hätte Luisa sie angefasst. Frau Fotti entdeckte den Hamster unter dem Sofa, erwischte ihn aber nicht. Antonella kroch unters Sofa und war verschwunden. Das Sofa hat Antonella aufgefressen, schrie Antonellas Schwester. Luisa überlegte und dachte, das Sofa sieht aus wie das grüne Monster. Sie hielt Antonellas Schwester, bis Antonellas Kopf wieder da war. Frau Fotti sagte, genug für heute.

Mit der Schürze wischte sich die Mutter das

Gesicht und nahm Luisa an der Hand. Heute gibt's Hühnerreis, sagte die Mutter, das hast du gern, und Luisa nickte.

Sie aßen in der Küche. Luisa saß in der Ecke der Sitzbank. Über dem Vater hing eine rote Uhr mit weißen Zeigern, wie sein Schutzengel, dachte Luisa. Niemand sagte etwas.

Eine Nacht.

Luisa war schlecht. Sie hatte ihren Pyjama ausgezogen. Ihre Lehrerin, der Abwart, die Frau vom Lebensmittelladen, die ganze Nachbarschaft hatte sich versammelt. Sie schauten von oben auf Luisa. Luisa trug ihre blaue Unterhose. Alle hatten Köpfe wie Lampions und schwarze Augen. Luisa wollte sich anziehen. Sie konnte sich nicht bewegen. Sie lag auf einem Holzbrett. Das ist nicht normal, schrie Nataschas Mutter und Nataschas Vogel kreiste um ihren Kopf. Der Abwart zog seinen Schlüssel aus der Tasche. Der Schlüssel wurde immer größer. Luisa schnippte mit den Fingern und zählte. Jemand winkte Luisa von weit hinten. Da sah Luisa die Rollschuhe an ihren Füßen. Sie sprang auf, schubste den Abwart zur Seite. Ich bin schnell, und Luisa spürte, wie sie mit dem linken, dann mit dem rechten Bein abstieß. Ganz hinten, auf einer Sprossenwand, saß Herr Zamboni. Er winkte mit beiden Händen.

Herr Zamboni.

Nach der Schule lief Luisa den Hornbach entlang, der einmal das ganze Dorf überschwemmt hatte. Das hatte ihr Herr Zamboni erzählt. Ein Dutzend Schritte vor Herrn Zambonis Geschäft blieb Luisa stehen. An einer Häuserwand war eine Welle eingezeichnet, so hoch war das Wasser gewesen. Luisa stellte sich an die Wand und war kleiner als die Welle. Herr Zamboni musste ihr helfen. Luisa wollte genau wissen, wie viele Zentimeter fehlten. Drei, sagte Herr Zamboni. Wie viele Menschen sind ertrunken, fragte Luisa. Ich weiß es nicht, antwortete Herr Zamboni und Luisa staunte.

Zwei Haartrockner. Zwei Lavabos. Eine Küche. Ein Hund und ein Schaufenster. Auf einem kleinen Tisch lagen die Hefte mit den Frisuren. Neben dem Tisch war ein Stuhl für Luisa. Manchmal stellte Luisa den Stuhl vor den Herd und setzte Wasser auf, sie machte Tee. Wollen Sie einen Tee, fragte Herr Zamboni seine Kunden und die meisten sagten, ja. Luisa zählte die Sorten auf und hob die Finger dazu. Die Namen hatte Luisa auswendig gelernt, und die sind schwierig, erklärte Herr Zamboni den Kunden. Luisa sagte fast beiläufig, Earl Grey. Auf den Teelöffel legte sie zwei Würfel Zucker.

Nachdem Antonella gegangen war, war Luisa im Keller oder auf dem Dachboden. Oder bei Herrn Zamboni. Luisa schwieg, Herr Zamboni wollte nichts wissen. Er sagte, du hast recht. Und Luisa dachte, dass Herr Zamboni anders sei als die anderen Erwachsenen. Sie setzte sich auf ihren Stuhl. Herr Zambonis Hund schlief im Schaufenster.

Eine Nacht.

Luisa hörte auf zu atmen. Sie biss sich auf die Zunge, schluckte nicht mehr, spürte ihre Beine nicht mehr. Luisa wollte Licht machen, aber es war nicht möglich. Und manchmal rutschten die Augen aus dem Kopf und Luisa konnte sich von oben sehen, wie sie dalag im Bett unter der Decke. Luisas Herz klopfte im Bett und in den Wänden.

Ich habe einen leichten Schlaf, erzählt Luisa ihrer Nachbarin in Wien. Frau Sunder ist fünfundsiebzig Jahre alt. Kommen Sie zu mir, wenn Sie nicht schlafen können, sagt sie. Frau Sunder hat drei Zimmer und einen kleinen Balkon.

In einer Nacht im Winter klopft Luisa an Frau Sunders Tür. Als sie Frau Sunder mit Morgenrock und zerzaustem Haar sieht, entschuldigt sich Luisa. Ach was, Frau Amrein, sagt Frau Sunder und bittet sie herein. Sie setzen sich in die Küche. Wie finden Sie meine Pflanze, fragt Frau Sunder und schaut zur grünen Decke. Beeindruckend, antwortet Luisa. Frau Sunder prustet, bald ist kein Platz mehr für mich da, ich werde sie stutzen. Möchten Sie etwas trinken? Ja, sagt Luisa.

Meistens schlief ich mit Licht, erzählt Luisa. Lange schaute ich mich im Zimmer um.

Ein Schreibtisch aus dunkelrotem Holz.

Ein Schrank aus dunkelrotem Holz.

Ein Regal mit vier Fächern.

Ein brauner Stuhl.

Ein Kalender.

Und der Teppich, fragt Frau Sunder. Grün mit Muster, und Luisa stockt.

Oft wünschte ich mir nichts sehnlicher, als in Herrn Zambonis Schaufenster zu schlafen.

III

Im Bahnhof ist viel Luft und das Gegenteil von Bahnhof ist Friedhof. Luisa taumelt. Durchzug. Luisa steht still. Die großen Städte wie Wien. Und die Größe der Stadt in der Kälte ist spürbar am Bahnhof. Friedhöfe. Geordnete Wege, rechts links. Karge Gräber, und andere überhäuft mit Blumen. Herr Pfarrer. Ich kann mir das nicht vorstellen. Nie nie mehr zu leben. Kind. Das musst du auch nicht.

Luisa Amrein trug einen hellbraunen Wintermantel. Er passte gut zu ihrem dunklen und locker zusammengebundenen Haar und Luisa wartete vor der Bahnhofshalle mit ihrer Tasche und geschminkten Lippen. Vielleicht leuchteten sie wie die Buchstaben auf dem Rücken des Zeitungsmannes. Und am Bahnhof fühlte Luisa die Größe der Stadt in der Kälte. Sie kaufte eine Zeitung. Frank ließ auf sich warten, Luisa wartete gern. Entschuldige bitte.

Luisa hätte sich am liebsten nach hinten gesetzt und sie saß auf dem Beifahrersitz neben Frank und sie fuhren stadtauswärts. Die Straßen vervielfachten sich wie die Häuser und Bäume auch. Luisa kreuzte die Beine, weil ihr Herz klopfte. Sie wollte etwas sagen. Manchmal schielte sie zu Frank und konnte nichts außer die Löcher unterhalb seiner Wangen erkennen. Luisa fühlte die kalten Zehen in ihren Stiefeln und die nassen Achselhöhlen im Rollkragenpullover. Der Winter ist ein richtiges Scheusal, das hatte eine alte Frau in der Straßenbahn gesagt und sich die Hände gerieben, Luisa hatte ihr recht gegeben, ich mochte ihre Hände. Wieso, fragte Frank. Weil sie so trocken und runzlig waren, dass ich sie mir nicht anders vorstellen konnte. Ist das ein Grund, Hände zu mögen, und Frank bremste abrupt.

Nummer einundzwanzig stand inmitten von Häusern mit Bäumen, am Stadtrand. Die Wohnzimmerfenster reichten vom Boden bis zur Decke und vier schwarze Vögel klebten an den Scheiben. Die Steinplatten des Gartensitzplatzes waren grau-weiß gesprenkelt und der Fahnenmast ragte leer in den Himmel. Franks Anzüge hingen im Schlafzimmer an einer Metallstange. Luisa fragte, brauchst du die alle, Frank hielt ihr ein Glas hin und Luisa trank selten Whisky, weil sich das für junge Frauen nicht gehört, Frank prostete Luisa zu und zog die Nase ein wenig hoch.

Im Schlafzimmer roch es kalt. Luisa lag im Doppelbett unter einer schweren Decke neben Frank und konnte nicht einschlafen. Frank atmete mit offenem Mund und Luisa dachte, er ist bestimmt älter als ich. Die Nachttischlampe entfärbte Franks Haut und durch den grell gestreiften Bettbezug erschien sein Gesicht noch blasser. Luisa tastete ihn mit Blicken ab, sie hätte gern Punkte auf seine Hautlöcher getupft und seine beiden Augenfalten mit einem grünen Filzstift nachgezogen. Was für ein Mann, und Luisa war verblüfft, dass Franks Gesicht sich so von seinem Bettbezug abheben konnte und sein bloßer Kopf Unverständliches vor sich hin sprach, das hat bestimmt mit seinem Beruf zu tun, dachte Luisa und schlüpfte aus dem Bett.

Im Badezimmer lehnte sie sich an die geschlossene Tür und wartete. Dann kippte sie den Lichtschalter. Hier also ist Franks Toilette. In dieser Badewanne liegt er nackt. Luisa betrachtete sich im Spiegel und sie sah Frank im Spiegel, wie er sich rasierte und kämmte. Aber die Hauptsache war Franks Spiegelschrank und Luisa stellte sich vor, was darin zu finden sein würde. Spärliche und nachlässig geordnete Toilettenartikel mochte Luisa am liebsten. Und sie konnte es kaum erwarten, in welcher Flasche Franks Duft steckte.

Ich habe noch nie einen Mann gesehen, der seine Nägel feilt, sagte Luisa zu Herrn Zamboni. Im kleinen Plastikschrank in der Küche lagen fünf verschiedene Nagelscheren und ein Set Feilen. Jetzt siehst du mich, antwortete Herr Zamboni, ein Friseur behandelt seine Finger wie die Köpfe seiner Kunden.

An Franks Spiegelschrank war etwas außergewöhnlich. Alles lag originalverpackt da, hinter dem Spiegel. Luisa umfuhr die drei verschieden großen Fächer, maß mit Daumen und kleinem Finger die ungefähre Länge und Höhe, skizzierte das Ganze auf ein Blatt Papier und schrieb. Ein Zehnerpack Rasierklingen. Drei plastikverschweißte Seifen. Zwei Deodorants unterschiedlicher Marken. Ein Doppelpack Wattestäbchen und eine Tube Haargel. Je eine Schachtel Kopf- und Zahnschmerztabletten. Ein Mundwasser. Frank. Im Januar in Wien. Luisa zog das Unterleibchen aus und schminkte sich mit nacktem Oberkörper die Lippen.

Normalerweise verabredeten Luisa und Frank sich

am Wochenende, entweder am Freitagabend oder am Samstagabend, lass uns was trinken, Frank legte seinen Arm um Luisas Schulter und sie streifte als erstes über seine Haut. Er führte sie in die Bar nicht weit vom Bahnhof und das war angenehm, hier sind wir ungestört. Frank bestellte schottischen Whisky, hängte sich ein mit den Augen und rauchte. Luisa wünschte, etwas zu sagen. Sie trug die Bluse mit den aufgedruckten Seepferden und Tintenfischen, die sie sonst nicht passend fand, du hast aber eine extravagante Bluse, sagte Frank und schaute Luisa weit ins Gesicht, bevor er sie küsste, und sie fühlte einen Drang, die Bluse ganz nah bei Frank zu sehen.

Ein paar Zeitschriften rutschten auf dem Rücksitz hin und her, als sie gegen zehn stadtauswärts fuhren. In den meisten Häusern brannte Licht und Luisa zählte unbekannte Menschen in beleuchteten Fenstern. Frank drehte das Radio an und pfiff. Seine Hände lagen in Handschuhen auf dem Steuerrad. Nach der fünften Ampel fuhr er statt nach rechts nach links. Warum. Luisa fragte nicht. Vielleicht packt er mich in den Kofferraum und fährt weit weg, irgendwohin. Sie drückte ihre Stiefel gegen die Tasche. Frank hielt an einer Tankstelle und Luisa stieg aus, ihr Atem war sichtbar in der Luft. Er hatte ihr Blumen geschenkt. Auch die Angst treibt mich zu Frank, dachte Luisa.

Mit übereinandergeschlagenen Beinen saß Frank auf dem Sofa, seine Stirn glänzte im Kerzenlicht. Er hielt Luisa das Glas hin, auf die Schönheit der Frauen. Luisa hob ihr Glas, sie hatte noch nie auf die Schönheit der Frauen getrunken, sie wollte einen Witz erzählen. Seit wann wohnst du hier, fragte Luisa und Frank antwortete, das Christkind hat mir das Haus zu Weihnachten geschenkt. Er sah belustigt umher und zog Luisa zu sich. Während Frank sie küsste, blickte Luisa zwischen seine Augenbrauen. Männergeschichten sind fauler Zauber, sagte Valérie und sie nahm sich immer das Recht, irgendwas zu behaupten. Frank aber war da, wie ein Wochentag.

Meistens schlief Frank auf der Stelle ein. Luisa lag wach und stellte sich vor, wie sie die Anzüge auf den reglosen Frank legen würde, um zu beurteilen, welche Farben und Muster am besten zu seiner Haut passten. Und weil die Nächte nicht ausreichten, blieb Franks Gesicht morgens zugeschnürt wie ein Paket und er frühstückte im Stehen, ich muss los. Frank arbeitete als Kommunikationsberater und Luisa fragte, was tust du da genau. Meine Arbeit ist weltweit, und Frank rauchte die Zigarette zwischen den Zähnen, ist das alles, fragte Luisa. Reicht das nicht, und Frank rückte sich die Krawatte zurecht. Ohne Hemd und Krawatte sah Franks Hals nackt aus.

Luisa war Franks Geliebte. Franks Frau lebte vorübergehend in Spanien und Luisa durfte nicht ans Telefon. Meine Frau, sagte Frank und machte eine ovale Handbewegung mit dem Glas. Wieso ist sie weg, fragte Luisa, und er antwortete, wenn du noch einmal von meiner Frau anfängst, er küsste Luisa auf den Hals und zog sie auf den Boden. Luisa blickte unter den Wohnzimmerschrank, es war beruhigend, dass sich da nichts als Staub angesammelt hatte.

Luisa trug den hellbraunen Wintermantel. Er passte gut zu ihrem dunklen und locker zusammengebundenen Haar und sie stellte sich in die Bahnhofshalle neben die Rolltreppen. Durchzug. Im Bahnhof ist viel Luft und das Gegenteil von Bahnhof ist Friedhof und Luisa kam täglich zum Bahnhof. Ein Mann im Anzug sprach Luisa an und sagte, Sie sollten die Haare offen tragen, Luisa war darauf nicht gefasst und konnte nichts erwidern. Hat es Ihnen die Sprache verschlagen, fragte der Mann und bot ihr eine Zigarette an. Oder haben Sie auf mich gewartet, und Luisa sagte, ich kenne Sie nicht. Beim nächsten Mal lade ich Sie zum Kaffee ein, und er winkte auf der Rolltreppe, ohne sich umzudrehen. Sein Duft hängte sich in Luisas Nase.

Am Rückspiegel baumelte eine Plastikfigur in roten Springerstiefeln, wer ist das, fragte Luisa, mein Talisman, antwortete Frank und raste durch die Straßen. Luisa wollte etwas sagen. Sie hielt sich am Griff fest und der Talisman trug einen Ganzkörperanzug mit Umhang. Vielleicht hätte sie ihn anfassen sollen. Luisa schielte zu Frank und er summte vor sich hin.

In der Garage lagen Autoreifen übereinander und Luisa stellte sich vor, wie ihr Mantel auf den schwarzen Gummis aussehen würde. Mit dem Aufzug fuhr man von der Garage direkt ins Wohnzimmer und Frank beugte sich meistens schon im Aufzug über sie. Siehst du, was für Annehmlichkeiten das Leben bietet, flüsterte Frank vor dem Küssen. Der Aufzug surrte nach oben, Annehmlichkeiten, was für ein merkwürdiges Wort, und Luisa konnte die Augen nicht schließen. Im Wohnzimmer steckte Luisa Frank eine Zigarette an, seine Haut hing vom Gesicht. Vielleicht geschieht heute etwas Außergewöhnliches.

Im Schrank im Schlafzimmer hingen die Kleider

von Franks Frau. Es waren schlichte und elegante Kleider in unauffälligen Farben. Luisa probierte sie an und sie waren auf Luisa zugeschnitten. Sie hatte noch nie Kleider in dieser Art getragen und sie drehte sich vor dem Spiegel und das schwarze Abendkleid mit den zwei unterschiedlichen Stoffen übereinander gefiel ihr am besten. Luisa schminkte sich die Lippen, zog die Augenbrauen nach und steckte die Haare hoch. Frank schlief im Spiegel, Luisa setzte sich aufs Sofa im Wohnzimmer und wartete, bis die Sonne aufging. Dann setzte sie sich auf den Teppich, ganz nah zum Fenster, an dem die Vögel klebten, und das Licht veränderte den Teppich, es war sehr schön. Und Luisa dachte, dass Frank schlafen wollte, bis seine Frau wiederkommt.

Luisa öffnete den Spiegelschrank. Sie packte alles aus und stellte die Sachen ins größte Fach zurück und testete verschiedene Anordnungen, bis sie die bestmögliche herausgefunden hatte. Franks Duftflasche war nicht im Spiegelschrank und irgendwo musste sie sein. Luisa wühlte in Franks Mantel, aber außer seiner Brieftasche mit Geld, Kreditkarten und Fotos war nichts zu finden. Sie sortierte alles auf dem Teppich im Korridor und Luisa erinnert sich, wie sie die kalte Luft am Boden spürte. Sie steckte das Geld und eine Visitenkarte in die Unterhose, vielleicht ist Franks Duft im Nachttisch, und Luisa war überzeugt, dass Frank seinen Duft absichtlich versteckte, ich wühle in fremden Sachen.

Frank lag auf dem Rücken und atmete hörbar. Luisa hielt ein Feuerzeug über Franks Kopf, er sieht aus wie der Heilige Geist, und sie rüttelte mit der anderen Hand an der Schublade. Wo ist der Schlüssel, flüsterte Luisa und hielt die Flamme direkt zwischen Franks Augen, Frank. Er murmelte etwas Unverständliches und drehte sich auf die andere Seite.

Luisa stellte die Nachttischlampe auf den Boden, knipste sie an und schob sie unters Bett. Franks Atem pfiff durchs Zimmer. Luisa kniete nieder, tastete hinter die Beine des Nachttisches: da war kein Schlüssel. Wo versteckst du ihn, flüsterte sie und kroch unters Bett. Und Luisa hätte es nicht geglaubt, wenn sie es nicht mit eigenen Augen gesehen hätte.

Die Haare waren so lang, dass sie jede Kopfbewegung auf den Schultern spürte. Luisa stand am Bahnhof neben den Rolltreppen und die Finger in den Taschen des Wintermantels zogen sich zu Schnecken zusammen. Es war bereits dunkel. Ich finde, Sie sehen sehr attraktiv aus mit offenen Haaren, und der Mann hauchte die Worte in die Luft und klopfte nebenbei eine Zigarette aus dem Päckchen. Er bot Luisa eine Zigarette an und sie rauchten und sahen sich manchmal an und Luisa dachte daran, einem Fremden zu sagen, Sie sehen attraktiv aus. Ich kann es mir nicht vorstellen, sagte Luisa. Was denn, fragte der Mann, dass wir uns nicht mehr wiedersehen, ich auch nicht, der Mann hob die Augenbrauen und hinter ihm liefen die Menschen und das eine hatte mit dem anderen nichts zu tun.

Ich möchte Sie gern verführen, der Mann hielt Luisa die Karte hin und machte Empfehlungen zu den einzelnen Getränken und er tat es amüsant und immer, wenn er gut gelaunt war. Und übrigens, Frank Ulrich ist mein Name, er küsste Luisa Amrein die Hand. Sie entschied sich für einen Aprikosenschnaps und er sagte, ich trinke nur Whisky. Dann war es ganz still. Was tust du am Bahnhof, fragte Frank. Ich schaue zu. Eine Stunde jeden Tag. Wozu denn? Ich überlege, ob ich wegfahren soll.

Im Auto roch es nach Frank. Er hatte eine dunkelblonde Kurzhaarfrisur und neigte beim Einsteigen seinen Kopf elegant zur Seite, wohin soll ich dich bringen, und Luisa schaute ihn nicht an, als sie antwortete, zu dir. Und wenn Luisa ihn beim Schlafen beobachtete, hätte sie fast nicht sagen können, was sie an ihm faszinierte. Valérie sagte, du komischer Kauz, und Luisa antwortete, er ist eine schlechte Gewohnheit. Hast du das vom Fernsehen, fragte Valérie und lachte sich die Zähne aus dem Mund. Tut mir leid, wenn ich dir zu blöd bin, Luisa fühlte, wie ihr Hals dick wurde, ich möchte wissen, wer er ist. Wie außergewöhnlich, rief Valérie. Und später fragte sie, kennst du ihn jetzt wie seine Westentasche?

Valérie arbeitete in einer Trafik nicht weit vom Bahnhof und ihre Haare streckten sich in dicken Büscheln in die Luft und ihre Wangenknochen reichten bis zu den Augenbrauen, Luisa war von Valéries Erscheinung eingenommen. Hunderte von Zeitungen und Zeitschriften und Postkarten und dahinter stand Valérie mit ihren Haaren und einem Blick wie eine Greifzange, was hätten Sie denn gern, und Valérie ordnete nichts und packte nichts aus, sondern verschränkte die Arme und wartete. Alles sah umwerfend aus. Luisa drehte sich um und ging und kam am nächsten Tag wieder.

Sie stellte sich ein paar Meter vor die Trafik und fing an zu kritzeln. Valérie rief, was tun Sie da, Luisa antwortete nicht, aber dann stand Valérie vor ihr, hob ihr Kinn und sagte, du willst mich wohl verarschen, sie starrte aufs Papier mit dem Gekritzel. Luisa erwiderte, das geht nur mich was an, Valérie spießte mit den Augen und rümpfte die Nase, hier gibt's keine Sehenswürdigkeiten, und machte kehrt. Von hinten ragten Valéries Haare wie Spitzberge vom Kopf und Luisas Herz klopfte im Hals, sie wäre am liebsten über Valéries Haarspitzen gefahren, du Zicke, rief Luisa.

Valérie blieb stehen, Luisas Atem wirbelte in der Luft, die Kälte packte die Ohrläppchen und die Nase. Valérie machte ein paar Schritte rückwärts, bevor sie sich blitzartig umdrehte. Luisa fixierte ein großes Muttermal auf Valéries Stirn, wenn ich renne, holt sie mich ein, und Luisa rannte nicht, sondern blieb stehen und schloss die Augen. Valéries Schritte knirschten langsam und gleichmäßig, bis nichts mehr zu hören war. Luisa dachte, ich werde die Augen nicht öffnen, und Luisa fühlte sie direkt vor sich.

Was bist du denn für ein Vieh? Luisa zuckte mit den Lidern und senkte den Kopf, ich bin Luisa Amrein, Valérie trug graue Schnürstiefel, und wer bin ich schon wieder, fragte sie. Keine Ahnung, und Luisa hob den Kopf, um in ihre Augen zu sehen. Sie war fasziniert von den Silberfenstern in Valéries Pupillen, die sieht bestimmt anders als ich. Was du gaffst, möcht ich wissen, Valérie formte mit den Fingern ein Fernrohr und guckte durch und Luisa hätte auch gern geguckt, sie flüsterte, wie heißt du? Das Unschuldslamm möchte wissen, wie ich heiße, was hätte ich für einen Grund, dir meinen Namen zu verraten? Luisa aber dachte, die muss einen ausgefallenen Namen haben. Und so war es auch. Valérie Olivia Francine. Sonst noch was, fragte Valérie.

Ich mag keine Schnittblumen, und wenn mir jemand welche schenkt, schmeiß ich sie weg. Luisa hatte Valérie gelbe Tulpen geschenkt, dann schmeiß sie doch weg, sagte Luisa. Du kannst sie ja bei dir einstellen, und Valérie hielt ihr die Blumen hin. Nein. Valérie warf den Bund mit einem Schwung in den Müll. So was könnte ich nie tun, dachte Luisa.

Am Samstag fahren wir weg, und Valérie zeigte auf eine Zahl im Kalender, nein, antwortete Luisa. Warum nicht, Valérie konnte ganz unverwandt blicken, da hab ich was vor. Du bist schon besetzt, und Valérie lachte verdreht, wie heißt er denn, und Luisa schwieg. Valérie hielt den Kalender zwischen den Händen, ich verstehe, du stehst auf Geheimnisse, Luisa schaute auf die verschneite Landschaft 1992. Ich liebe Schnee, vor allem, wenn er schmilzt, und Luisas Finger umkreiste Valéries Bauch. Vorsicht, unterhalb der Gürtellinie bin ich unberechenbar, flüsterte Valérie. Luisa zog die Linie bis zu Valéries Füßen, ihre Hautfarbe war unbeschreiblich schön. Und Valérie sagte, Lu, so hatte sie noch nie jemand genannt, behalt's für dich, was du mit ihm treibst.

Mein Chef will mit mir ins Bett, sagte Valérie, das hat er mir gestern eröffnet. Luisa wartete vor der Trafik, Valérie kaute an einer Schokolade, ihre Augen glühten. Ich hab's gleich gewusst, dass er bei mir parkieren will, und Valérie bewegte die Lippen kaum beim Reden. Du musst ja nicht, sagte Luisa. Ich hätte größte Lust, ihn zu entwurzeln, und Luisa musste lachen, weil Valérie so schnell sprechen konnte, dass ihr fast schwindlig wurde. Findest du irgendwas witzig, Valérie klatschte auf Luisas Hände und erzählte, wo ihr Chef die Hände überall im Spiel hatte.

Und weißt du was, ich habe ihm gesagt, Ihre Frau ist eine meiner besten Kundinnen, Valérie drehte an einem Haarbüschel, da hat er geantwortet, meine Frau ist von Natur aus tolerant. Dabei hat er mich in aller Ruhe gemustert, ich bin sicher, dass er noch nicht gefrühstückt hatte, und Valérie sagte spitzig, ein Unternehmer in jeder Beziehung. Und ich bin eine Zielscheibe für Männer im Mittelalter, auf die bin ich geeicht. Luisa hatte damals keine Ahnung, was Valérie damit meinte.

Valérie machte eine Abendschule, morgens arbeiten, abends lernen, sagte sie, das gefällt mir. Valérie lebte in einer Zweizimmerwohnung im vierten Bezirk. Die zwei Zimmer waren vollgestopft, ich sammle alles, und Valérie sah in ihrer Wohnung ähnlich aus wie hinter den Zeitungen und Postkarten der Trafik.

Eine Küchenwand war mit Packpapier tapeziert. Darauf klebten Ausschnitte aus Zeitungen, Zeitschriften und Werbebroschüren. Bei den meisten Zeitungsartikeln waren einzelne Sätze unterstrichen und nach jedem Abschnitt standen ein paar Worte in Großbuchstaben, ich kommentiere die Welt, sagte Valérie. Am Jahresende reiße ich das Ganze runter und dann geht's von vorne los. Meine neueste Errungenschaft, und Valérie zeigte auf aufgeklebte Messermodelle in allen Größen und Formen. Daneben stand: Manche mögen's scharf. Luisa blickte in Valéries Silberfenster und wäre am liebsten unter ihre Haut geschlüpft.

Frank hatte eine blinde Stelle zwischen den Augen und Luisa bemerkte sie, als sich Frank in der Bar mit dem Kellner unterhielt. Sein ganzes Gesicht verlor sich in diesem Punkt, wo sich seine Augenbrauen berührten. Ich verstehe dich nicht, hätte Valérie gesagt und Luisa dachte, wie könnte ich das erklären, sein Gesicht ist an dieser Stelle wie ausradiert. Möchtest du diesen Toten zum Leben erwecken, hätte Valérie gefragt und ihre Stimme konnte Luisas Kehle wirklich austrocknen, vielleicht möchte ich das wirklich, dachte Luisa.

Franks Fuß drückte das Gaspedal, die Straßenlichter schössen durch die Scheiben, der Talisman schlug gegen die Frontscheibe, du hast es aber eilig, sagte Luisa und ihre Hand war mit dem Griff verwachsen. Hast du Angst, rief Frank, du weißt doch, ich habe einen Schutzengel mit breiten Flügeln, und Franks Poren waren hässlich. Ich habe Geburtstag, hast du das vergessen? Am Straßenrand lag Schnee und auf dem Rücksitz eine Kartonschachtel mit Getränken. Komm, sing ein Lied für mich, Frank schnalzte mit der Zunge, Luisa blieb stumm, aus den Lichtern tauchte Valérie auf. Sie blickte aus den Schultern wie eine Katze auf der Lauer.

Hast du nicht gehört, Franks Gesicht schwitzte und der Tachometer bewegte sich im Uhrzeigersinn, ein Lied für das Geburtstagskind. Und Luisa fing an zu singen, Frank brüllte, lauter, Luisa sang, Ave Maria, und die Stimme verhedderte sich im Hals und Frank raste, wie wenn er etwas in der Welt verloren hätte. Sing was Lustiges, wer will denn zum Geburtstag Ave Maria hören, und er schlug mit der rechten Hand aufs Steuerrad, aber Luisas Kopf streikte und Frank brüllte, wenn du nicht singst, fahr ich gegen den nächsten Baum. Und Luisa sang, Hoch auf dem gelben Wagen, die Straßenlichter verschmierten zu einer Linie und Frank sang mit, sitz ich beim Kutscher vorn, und bremste nicht ab, als er überholte, und Luisa dachte, wenn ich hier lebend rauskomme, bring ich ihn um.

Frank raste über die Schwelle und hielt knapp vor der Garage, mein kleines Kleeblatt, danke für die Spritzfahrt. Er stellte den Motor ab, Luisa stieß die Tür auf, schlug sie hinter sich zu. Frank ließ den Kopf aufs Steuerrad fallen und umklammerte es mit den Händen. Luisa setzte sich auf die Reifen in der Garage. Und sie sieht heute noch Franks nackten Hals in seinem Auto, seine Haare waren bis zu den Ohren hoch rasiert, wenn er sich nicht rührt, tu ich was, und Luisa hörte das Herz im Hals, sie flüsterte, eins, zwei, drei, vier, und bis fünfzig hatte Frank keinen Wank gemacht.

Dann rammte Luisa das Hinterteil der Schneeschaufel gegen das Seitenfenster und Frank fuhr hoch, in seinem Mund steckte ein Loch. Der erste Hieb sprengte feine Adern in die Scheibe und es sah schöner aus als ein Straßennetz, du Arschloch, rief Luisa, beim zweiten Stoß zersplitterte das Glas in winzige Scherben und Luisa sah Frank auf sich zukommen. Er riss ihr die Schaufel aus der Hand, holte aus, sie kreuzte die Arme über dem Kopf, Frank schlug zu, es knallte hell.

Luisa öffnete die Augen. Frank hatte das Frontfenster eingeschlagen und die Schaufel weggeworfen, seine Arme pendelten neben ihm, während er Luisa anblickte und keuchte. Ein paar Glaszacken hingen noch im Rahmen, durchgebrannt, was, sagte Frank leise und weinte.

Hatten Sie etwa Mitleid mit ihm, fragte Frau Sunder später.

Ich war schon im Knast und mein Vater ist der Präsident der Vereinigten Staaten, Valérie saß auf einem Kissen am Boden und Luisa neben ihr. Er könnte auch Ölscheich im Nahen Osten sein, Valérie wickelte mit dem Pullover einen Turban, auf jeden Fall gehört er zum internationalen Trupp der Musketiere, Valérie lachte hoch und schnitt mit der gestreckten Hand die Luft. Was erzählst du da, Luisa betupfte Valéries Muttermal auf ihrer Stirn. Du hast recht, ich bin betrunken, sagte Valérie und lehnte ihren Kopf an die Wand, Valéries Haaransatz verlief in einen winzigen Spitz, warst du im Knast oder nicht, und Luisa fuhr um Valéries Haaransatz. Was würdest du sagen, wenn es wahr wäre? Ich würde fragen, wieso.

Deine Ohren sind Seetiere, sagte Valérie und legte ein Handtuch über Luisas Schultern. Luisa blickte in den Spiegel auf dem Küchentisch, deine sehen aus wie Suppenteller, sie lachte in Valéries Gesicht im Spiegel und Valérie fing an, Luisas Haare zu schneiden. Wenn ich alt bin, schaut mir niemand mehr ins Gesicht, nur auf die Ohren, Valérie platzierte den Kamm hinter ihrem rechten Ohr, wieso trägst du keine Ohrringe, fragte Luisa. Soll das ein Witz sein, meinst du, die haben eine besondere Auszeichnung verdient, und Luisa dachte, man fühlt es, wenn das Haar abgeschnitten ist.

Valérie schnitt und kämmte den ganzen Nachmittag, Luisa betrachtete sie im Spiegel und Valérie kam ihr plötzlich so vor wie die Tante, du ähnelst meiner Tante, sagte Luisa. Was für ein Kompliment, und Valérie verzog ihren Mund. Nichts gegen meine Tante, Luisa überlegte, vor zwölf Jahren habe ich sie das letzte Mal gesehen, und Luisa erzählte. Wenn ich eine verschollene Tante hätte, würde ich sie suchen, sagte Valérie. Luisa war beeindruckt, wie würdest du denn suchen, fragte sie. Ich würde einfach mal anfangen, verstehst du, Lu, Spurensuche, und Valérie hatte wirklich eine erstaunliche Art, über Dinge zu reden.

Du hast mich völlig verändert, findest du nicht, fragte Luisa. Das Teewasser kochte und der Dampf beschlug das Küchenfenster. Valérie fingerte an Luisas Hinterkopf, du hast was seltsam Verdrehtes, flüsterte sie, legte ihr Kinn auf Luisas Kopf und sie schauten sich im Spiegel in die Augen. Aber auf den ersten Blick sind wir das perfekte Duopack, Unschuld vom Land gepaart mit Miststück vom Knast. Valérie zwickte den Filter von der Zigarette und steckte sie an, erzähl mal was von deiner besseren Hälfte. Luisa schnellte mit den Armen hinter den Stuhl, packte Valéries Hintern, und du, warum hat man dich eingesperrt? Die Unschuld will nicht auspacken, Valérie blies den Rauch in den Spiegel, und ich will dir den Tag nicht verderben. Sie wischte die Haare zusammen, knipste den Fernseher an und sagte den Rest des Abends nichts mehr.

Am Wochenende wartete Luisa beim Zeitungsmann am Bahnhof. Luisa sah Valérie von weitem auf sich zukommen, sie drehte den Kopf weg, in die andere Richtung. Du hast mich doch gesehen, rief Valérie. Ich bin rein zufällig vorbeigekommen, aber wenn ich dich hier so stehen sehe, packt mich die Neugier. Wir sehen uns ein andermal, und Luisa blickte an Valéries Haarbüscheln vorbei. Frank trug einen dunklen Anzug, guten Abend, sagte er. Valérie rührte sich nicht von der Stelle. Einen Moment lang war es still.

Dann trat Frank einen Schritt vor, Luisa zeigte auf Valérie und Frank. Sie nickten einander zu, Luisa zündete sich eine Zigarette an. Valérie grinste, blickte Frank in die Augen und sagte, Sie tragen wirklich einen sehr schönen Hut, mein Herr, und Valérie schaute anerkennend auf Franks gestutzte Haare. Sie fing an zu lachen, drehte sich um und ging, bis bald, rief sie. Die Menschen blickten Valérie nach, ihr Lachen bahnte sich einen Weg durch die Menge. Eine ausgefallene Persönlichkeit, sagte Frank. In seinem Blick hatte sich etwas entzündet.

Das also ist er, ich habe ihn mir ganz anders vorgestellt, Valérie rauchte und lachte sich die Zähne aus dem Mund. Wie heißt er mit Nachnamen, fragte sie. Warum fragst du, und Luisa fühlte ein Kribbeln in der Kehle. Auf Fragen stellt man keine Gegenfragen, das solltest du doch wissen, und Valéries Stimme verengte sich. Frank Ulrich. Valérie blies den Rauch langsam durch die Nase, schreib mir den Namen bitte auf. Luisa schrieb in Großbuchstaben Frank Ulrich auf ein Stück Papier. Und Valérie heftete den Zettel an ihre Küchenwand.

Luisa rief Frank im Büro an. Es war Donnerstag, ich möchte dich heute sehen. Frank hatte eine warme Stimme am Telefon, unmöglich. Eine kleine Ausnahme, sagte Luisa und Frank antwortete, Geschäftsessen können nicht verschoben werden, ich begleite dich, und Luisas Stimme überschlug sich. Ich hab dich wohl nicht richtig verstanden, und Luisa sah Franks Poren vor sich, doch, ich glaub schon, wir könnten uns nach dem Essen treffen, antwortete sie und Frank legte grußlos auf. Luisa saß auf dem Sofa und schaute auf ihre Füße in Socken.

Es schneite seit Tagen in Wien. Luisa nahm die Puppe und streichelte sie, setzte sie auf den Ofen, die Stoffpuppe mit der ausgebleichten Haarschleife. Luisa zählte die Kacheln. Du Puppe, flüsterte sie und sah in die Flammen. Frank hatte den Hörer tatsächlich aufgelegt. Luisa datierte die Aufzeichnungen von Franks Spiegelschrank und umkreiste die Toilettenartikel mit den Farben, die zu Frank passten. Sie packte die Zeichnungen mit den Fotos in die braune Tasche. Sie frisierte und schminkte sich, zog das Abendkleid an und fixierte das Telefon. Valérie hatte nicht angerufen.

Luisa wartete in der Eingangshalle. Sie trat von einem Bein aufs andere, sie trug die falschen Schuhe und Frank ließ auf sich warten. Hallo, sagte Luisa. Er verlangsamte seinen Schritt und sein Gesicht war straff. Was machst du hier, und es klang nicht nach einer Frage, ich möchte dir was zeigen, sagte Luisa. Sie knöpfte den Wintermantel auf und die Knöpfe gingen nicht leicht, was soll das, und Frank stand ganz nah. Luisa öffnete die beiden Mantelflügel und wiegte sich hin und her, gefällt es dir? Frank verlor die Fassung, er zischte, du bist ja verrückt geworden, zieh das sofort aus, er blickte fast leer und Luisa drehte sich um, kannst du mir mit dem Reissverschluss helfen, Frank packte sie an den Schultern und schüttelte sie. Du bist eine Zumutung, hörst du.

Unter Franks Bett lag eine Zeitbombe. Luisa wartete auf eine Gelegenheit, Valérie davon zu erzählen.

Im gleichen Jahr im Herbst explodierte eine Gasleitung im Haus um die Ecke. Die Polizei sperrte die

Straße ab und Luisa hatte vergessen, wie ein richtiges Feuer aussieht. Die Hälfte des Hauses war bereits verkohlt, an einer Wand im zweiten Stock hing noch ein Bild, davor stand ein mächtiges Sofa. Es ist unheimlich, auf die Art in eine fremde Wohnung hineinzusehen, dachte Luisa. Wissen Sie Genaueres, fragten alle, die Polizisten winkten ab. Es fing bereits an zu dunkeln und die Flammen hatten fünf Stockwerke gefressen, ein alter Mann wurde vermisst. Die lassen uns verrecken, soll ja kein Geld da sein für neue Leitungen, schimpfte eine Frau mit toupiertem Haar und bot Luisa einen Schnaps an, in solchen Momenten muss man sich stärken. Luisa leerte das Glas in einem Zug, zählte die Schritte bis zu ihrer Wohnung und die nächsten drei Tage rührte sie sich nicht. Was ist los, fragte Valéries Stimme.

Die Bettkante halbierte Luisa, die Beine befanden sich im Zimmer in der Nacht und der Oberkörper streckte sich unter Franks Bett. Ich bin unter Frank, flüsterte Luisa, die Flamme des Feuerzeugs zuckte und das Teppichmuster wirkte ganz anders als bei Tageslicht. Dann aber leuchtete Luisa in Franks Gesicht. Er lächelte in Begleitung einer Frau, auf einem Farbfoto. Und das Foto war eines von insgesamt zwei Dutzend Fotografien, die Luisa zählte. Alle waren auf Handflächengröße zugeschnitten und wie ein Dominospiel angeordnet, was für ein Anblick. Und Luisas Kopf surrte. Ein paar Fotos tauchten doppelt oder dreifach auf und jedes Bild hielt dieselbe Frau fest, immer anders frisiert, es musste Franks Frau sein.

Ein Bild schwärzte Luisa fast an, weil sie das Feuerzeug ganz nah hinhielt, um alles erkennen zu können. Frank und seine Frau standen auf einer Steintreppe, sie trugen leichte Kleider und waren barfuss. Ein Strohhut bedeckte Franks Stirn und Luisa hätte nicht gedacht, dass er jemals einen Strohhut anziehen würde. Sein Zeigefinger griff um die Halskette seiner Frau und sie lehnte ein bisschen zurück, als würde sie sich von ihm ziehen lassen. Ihre Lippen kräuselten sich wie bei einem Kind.

Luisa beleuchtete Franks Augen. Seinen Mund. Die Lippen seiner Frau und Franks elegante Sommerhose. Das ausgeschnittene Kleid seiner Frau. Hoch und runter fuhr Luisa mit dem Feuerzeug. Und plötzlich fiel ihr Franks rechte Hand auf. Seine Finger waren leicht voneinander abgespreizt, seine Handfläche wölbte sich, als würde sie etwas halten. Aber da war nichts. Und Luisa konnte sich nicht satt sehen, sie wollte die Fotografie haben, um das Eigenleben von Franks Hand immer wieder anschauen zu können.

Luisa kroch unter dem Bett hervor, Frank lag reglos auf dem Rücken, die Decke klemmte zwischen seinen Beinen. Und Luisa beleuchtete Frank von allen Seiten. Sein rechter Fuß hing über den Bettrand. Und Luisa hoffte, Frank irgendwann mit Strohhut und Sommerhose zu sehen. Sie holte die Taschenlampe aus der Küche, den Notizblock aus der Manteltasche und schob sich wieder unters Bett. Es war bereits nach vier Uhr.

Frank und Franks Frau standen nackt im Scheinwerfer, das heißt, Luisas Taschenlampe leuchtete ihre Körper aus, wer hat die Fotos gemacht, und jedes Nacktfoto zeigte Frank und Franks Frau in einer anderen Pose, wenn das keine Schau ist, Luisa lachte in sich hinein, vielleicht auch, weil es beschämend war. Bei einer Aufnahme saß Franks Frau auf seinem Schoß. Er umklammerte ihren Hals, sie streckte ihre Arme von sich, lächelte ihn an und es sah so aus, als ob sie fliegen würde. Und Luisa betrachtete vor allem Franks Frau, sie wirkte auch nackt elegant und Luisa kam es so vor, als hätte sie selbst Frank und seine Frau fotografiert, aber sie hatte es nicht getan.

Zuhinterst an der Wand, abgesondert von den Fotos, lag eine kleine braune Tasche. Luisa zog ihre Beine unters Bett, weil sie fühlte, wie verloren sie im Zimmer waren. Sie knipste die Taschenlampe aus und versuchte, lautlos zu atmen. Es war unmöglich.

Luisas Hand streckte sich. Sie zog den Reissverschluss langsam auf und langte hinein. Die Finger befühlten ein feines Tuch, etwas Hartes war darin eingewickelt. Luisa fingerte unter das Tuch, ihr Arm wurde länger und kälter. Sie befühlte das Metall, das Metall war kälter als die Finger, das Tuch ist bestimmt aus Seide, dachte Luisa und die Gedanken verirrten sich in verschiedene Richtungen. Sie ließ ihre Hand einen Moment ruhen, bevor sie die Taschenlampe anknipste und die Waffe aus der Tasche hervorzog. Und dann war es einen Augenblick lang so ruhig, dass sich jeder Gedanke in Luft auflöste.

Am nächsten Morgen klingelte das Telefon. Es war Sonntag. Frank sagte, ich muss sofort los, wohin, fragte Luisa. Zur Arbeit, wohin denn sonst, Frank stopfte sich das Hemd in die Hose, ein Kommunikationsnotfall, fragte Luisa und war erstaunt über sich, Franks Gesicht sah aus wie blankgescheuert, als er antwortete, hätte ich nicht besser formulieren können. Er legte zwei Scheine neben die Butter, nimm dir ein Taxi, es wird länger dauern, und Luisa fragte sich, ob sie Frank darauf hinweisen sollte, dass sein Hemd nicht zur Hose passte. Ich warte auf dich, Luisa vergrößerte ihren Blick und biss in ihr Brot. Du hast eine abstruse Art, unverständig zu sein, Frank spitzte seinen Mund über die Nase hinaus, die Krawatte wartete in seinen Fingern, ich will nicht, dass du bleibst.

Luisa stand auf, zupfte an seinem Hemd und seiner Krawatte, hast du gehört, fragte Frank, Luisa vertiefte sich in Franks Krawattenmuster, sein Schweiß hängte sich in ihre Nase, ob du verstanden hast? Ja. Und fünf Minuten später war Frank weg. Luisa duschte, kämmte sich das Haar, drehte sich kurz vor dem Spiegel, zog sich an, wählte die Nummer der Taxizentrale und schob sich unters Bett, um sich alles nochmals bei Tageslicht anzusehen. Ein paar Minuten später klingelte es an der Haustür. Luisa stieg ins Taxi, wohin, fragte der Chauffeur. Zaunergasse. Luisa wusste, dass Valérie nicht da sein würde.

Auf ihrem Küchentisch lag ein Brief. Liebe Lu. Ich muss dringend weg und sowieso: es ist besser, wenn wir uns die nächste Zeit nicht sehen. Ich vermisse dich immer. Luisa steckte den Brief in ihre Manteltasche und sah sich in Valéries Küche um, nichts deutete auf eine Veränderung hin. Sie zündete sich eine Zigarette an und las alle Zeitungsartikel, die an Valéries Küchenwand klebten. Dann öffnete sie die Schubladen und Schränke, ich suche nichts Bestimmtes, dachte Luisa. Sie fand eine Visitenkarte. Alfred Ulrich stand schwarz auf weißem Papier. Rechtsanwalt. Und Luisa zählte die Buchstaben und fühlte das Gewicht, das dieses kleine Stück Papier hatte. Sie legte die Visitenkarte in ihr Notizbuch und verkroch sich in Valéries Bett.

Luisa knipste die Nachttischlampe an. Valérie saß aufrecht im Bett, ihr Gesicht wartete frei und schlaflos in der Luft. Luisa legte die Decke um Valéries Schultern, hast du meinen Brief nicht gefunden, fragte Valérie, steckte sich eine Zigarette in den Mund und blies den Rauch an Luisa vorbei. Doch. Was willst du wissen, fragte Valérie. Warum kennst du Frank?

Vier Tage später rief Luisa Frank im Büro an. Sie hatte sich überlegt, was sie sagen sollte, sie fragte, können wir uns treffen, und Luisa wusste, dass Frank nein sagen würde, deswegen rief sie ihn an. Als sie sich kennengelernt hatten, sagte Frank, das Wochenende ist unsere Zeit. Luisa und Frank trafen sich jeden Freitagabend am Bahnhof, ab Freitagabend ist alles geregelt, dachte Luisa. Und jetzt rief sie ihn am Donnerstag an, er legte auf.

Luisa zog das Abendkleid an, frisierte sich, schminkte sich die Lippen greller als üblich, ich werde es tun. Dann betrachtete sie die Kritzeleien, die sie von Franks Spiegelschrank und den Fotos gemacht hatte. Franks Hand hing als Skizze und Foto neben ihrem Bett, es war wirklich die schönste Hand, die Luisa je gesehen hatte, und sie stellte sich vor, wie sie Frank Kastanien oder Nüsse oder irgendwas Leichtes in die Wölbung legen würde. Luisa streichelte Franks Handrücken, manchmal flog Frank für zwei Tage weg und zurück. Und Luisa dachte an die Waffe unter seinem Bett.

Fast alle haben eine Waffe, das ist so, sagte Frau Sunder.

In der Eingangshalle trat Luisa von einem Bein aufs andere, der Portier trug silberne Knöpfe, sein Blick neigte sich schräg zu Luisa, kann ich Ihnen behilflich sein, und das konnte er nicht. Valérie fragte manchmal, bist du immer so begriffsstutzig, Luisa antwortete nicht, sondern erzählte einen Witz und sagte zum Schluss, das ist normal. Valérie hatte ein wildes Lachen und Luisa mochte es, wenn Valérie Olivia Francine Tränen lachte. Als Frank auf sie zukam, sah Luisa ihm in die Augen und er fragte, was machst du hier, und sie antwortete, ich möchte dir etwas zeigen, und er sagte, ich habe dir gesagt, dass ich keine Zeit habe, und Luisa knöpfte den Mantel auf, wie findest du das Kleid, und Luisa blickte ihm in die Augen, die Eingangshalle glänzte überall, du bist wohl übergeschnappt, sagte Frank leise und durchdringend, zieh das sofort aus, Luisa fragte, kannst du mir helfen, der Reissverschluss klemmt ein bisschen, sie drehte sich um und hob die Haare. Vollkommen verrückt bist du, zischte Frank, Luisa sagte ganz langsam, wen willst du erschießen, Frank packte sie an den Schultern, die Eingangshalle drehte sich, was ist in dich gefahren, Frank verlor die Fassung, der Portier bewegte sich auf sie zu, das Abendkleid rutschte nach unten, Luisa fielen die Worte aus dem Mund, deine Hand ist wie ein Geheimnis. Frank. Das war das letzte Mal.

IV

1992.
An einem Frühlingstag sucht Luisa ihren Schlüssel zur Erdbergstraße dreiundsechzig, da grüßt eine alte Frau mit kurzen Haaren und Turnschuhen, ich bin Ihre Nachbarin, Frau Sunder. Sie ist fünfundsiebzig Jahre alt und lebt seit Jahren in ihrer Dreizimmerwohnung in Wien. Diese unglaubwürdige Stadt, sagt Frau Sunder. Vor zehn Jahren ließ ich mich scheiden. Ich lebe allein, habe drei Kinder, zwei Enkelkinder und einen Schrank voller Fotoalben. Frau Sunder zupft an ihrem Ohr.

Ich habe Sie noch nie gesehen, wohnen Sie schon lange hier, fragt Luisa und schaut auf Frau Sunders Turnschuhe. Wir sind uns schon oft begegnet, aber Sie scheinen mich nie bemerkt zu haben. Gefallen Ihnen meine Schuhe? Ja, antwortet Luisa. Ich freue mich über Ihre Schuhe, und Frau Sunder lacht.

1982.

Luisa Amrein wohnte nicht weit von den Gleisen, in einem braunen Haus. Hinter dem Haus gab es einen Hügel. Später dachte Luisa, der Hügel ist sehr klein. Auf dem Hügel stand ein Baum. Neben dem Hügel gab es Sträucher, die stachen. Die Sträucher wuchsen durch den Zaun. Im Haus wohnten viele, wir haben die kleinste Wohnung, sagte der Vater.

Das Haus hatte grüne Fensterläden und eine schwere Haustür. In den Fenstern im Treppenhaus wuchsen Blumen. Luisa spielte unten, im Keller, oder oben, auf dem Dachboden. Dem Hausmeister ging sie aus dem Weg, seine Schlüssel klirrten von weitem. Alle Hausmeister tragen einen Schlüsselbund am Gürtel. Wieso.

Luisa hörte den Schlüsselbund und wusste, der Hausmeister kommt. Er wohnt überall, dachte Luisa. Die Mutter sagte zu Luisa, sei nett zum Hausmeister, er ist der Chef. Fünfzehn Schlüssel hingen an ihm.

Luisa hatte ein Zimmer mit Fensterläden. Der Schreibtisch und der Schrank waren dunkelrot. Aus dem Tisch machte Luisa ein Schiff. Und im Schrank versteckte sie sich. Luisa mochte ihr Bett. In der Nacht schlief sie oft mit Licht. Am Nachmittag saß sie auf ihrem Bett. Manchmal schaute sie sich ihr Zimmer an.

Im Regal mit den vier Fächern saßen zwei Puppen, ein Bär und ein Schaf. Das Schaf hatte Luisa selbst gemacht. Die Beine vom Schaf waren krumm, damit man es besser hinknien kann, sagte die Handarbeitslehrerin.

An einer Wand, links vom Fenster, hing ein Kreuz aus Holz. Der Pfarrer hatte nach der Kommunion allen eines geschenkt. Wo ist Jesus, fragte Luisa. Das Kreuz ist Jesus, sagte der Pfarrer. Wenn man ein Kreuz sieht, denkt man an ihn. Luisa aber stellte sich vor, wie Jesus im Kreuz verschwand.

An der gegenüberliegenden Wand hing eine Zeichnung. Luisas Mutter hatte sie mit Reißnägeln festgemacht. Manchmal knipste Luisa die Lampe an und schaute auf die Zeichnung, sie schaute so lange, bis alle Farben ineinander verschwammen. Das war nachts, wenn sie nicht einschlafen konnte.

Luisa hörte die Stimme des Vaters. Und sie hörte, wie die Mutter weinte. Luisa schlug die Bettdecke zurück, breitete ihre Schulbücher aus. Und sagte die Titel vor sich her. Sie schaute auf die Zeichnung. Sie wusste nicht mehr, was sie gezeichnet hatte. Dann nahm sie den Bleistift und spitzte ihn. Luisa drehte den Bleistiftspitz in den Teppich und sah zur Tür. Da war kein Schlüssel. Sie kroch unters Bett.

Ich brauche wenig Schlaf, erzählt Frau Sunder. Ich kenne alle Geräusche im Haus. Über mir schnarcht jemand, sehr regelmäßig, und aus der Wohnung gegenüber höre ich eine Frau, die singt, immer um die gleiche Zeit, punkt sechs in der Früh. Aus der Wohnung nebenan höre ich Sie. Sie können nicht schlafen, nicht wahr? Kommen Sie zu mir, wenn Sie nicht schlafen können, sagt Frau Sunder.

Frühling.

Morgens war Luisa allein zu Hause. Sie teilte das Brot in kleine Stücke, Soldaten, sagte die Mutter. Luisa warf die Stücke in einen Teller Milch und sah zu, wie die Brotstücke größer wurden. Sie wachsen wieder zusammen, dachte Luisa. Dann ließ sie den Brei in die Kloschüssel plumpsen und spülte ihn weg.

Luisa packte ihre Schulmappe und machte sich auf den Weg. Sie blieb stehen, schaute sich um und ging weiter. Du trödelst, sagte die Mutter. Oft machte Luisa einen Umweg und blieb vor Herrn Zambonis Schaufenster stehen. Dann winkte sie, er winkte zurück und zeigte auf seine Uhr. Luisa war zu spät, die Schulstunden waren lang.

Unsere Luisa kommt doch noch, sagte der Lehrer. Wo war sie denn? Luisa sagte nichts. Bei den Fischen, rief der Lehrer. Niemand lachte. Luisa setzte sich und hörte zu. Deine Extrawurst bekommst du, und Luisa wusste, was der Lehrer meinte, nämlich Schulhaus putzen am freien Nachmittag. Und dann buchstabierte der Lehrer Topographie. Er streckte seinen Stecken zur Landkarte. Luisa kannte die blauen Linien der Flüsse und die Schatten der Berge und Pässe. Aber wo sind die Täler, dachte Luisa, weil sie mit den Eltern in ein Tal gefahren war und sich nicht vorstellen konnte, wie dieses Tal mit den winzigen Blumen auf der Karte aussieht.

Der Lehrer flitzte mit dem Stecken über die Karte, das ist unser wichtigster Fluss, wie heißt er? Jemand meldete sich und wusste es. Der Lehrer nickte. Wo ist die Quelle des Flusses, wohin fließt er, und der Lehrer fuhr mit seinem Stecken auf und ab. Jemand meldete sich und wusste es, der Lehrer nickte. Er fragte weiter und Nik gab eine falsche Antwort. Normalerweise rief der Lehrer, steh auf den Stuhl und schäm dich. Aber es war Nik. Nik war reich und manchmal frech.

Wo ist mein Zimmer, dachte Luisa nachts im Bett. Der Schreibtisch war verschwunden, die Kommode, das Regal, der Stuhl, alles. Luisa starrte ins Dunkle und das Dunkle bewegte sich auf sie zu, ich kann den Arm nicht heben, mein Arm ist eingeschlafen, dachte Luisa. Der Dachboden gehört mir, der Keller auch. Ich bin zwölf, sechste Klasse, bald bin ich dreizehn. Morgen gehe ich in die Schule, morgen ist es hell, und Luisa ordnete jedem Berg eine Zahl und eine Farbe zu. Dasselbe machte sie mit den Flüssen und Tälern und Pässen. Die Nächte waren Berge aus Zahlenreihen und Farben. Warum.

Luisa hörte das Klirren der Schlüssel. Sie sah den Hausmeister, sein Kopf war größer als üblich. Er hatte schwarze Haare, einen Bart und einen Hut, der lang war und schmal. Der Hausmeister ähnelte dem Vater. Antonella fragte, wo haben Sie Ihren blauen Kittel? Der Hausmeister sagte nichts. Er zeigte auf seinen Schlüsselbund. Antonella küsste die Schlüssel. Der Hausmeister streichelte Antonellas Kopf, Antonella, schrie Luisa und wachte auf.

Luisa schaut auf Frau Sunders Turnschuhe. Sie können auch zum Kaffee kommen, wenn Sie wollen, und Frau Sunder hält Luisa die Hand hin, hat mich gefreut, Sie kennenzulernen. Luisa schweigt und hält Frau Sunder die Hand hin. Bin ich zu laut, fragt Luisa. Das habe ich nicht gesagt, ich kenne die Geräusche im Haus, das ist alles, und Frau Sunder zupft an ihrem Ohr. Besuchen Sie mich, wenn Sie Lust haben.

Sommer.

Morgens legte Luisa Schinken und Käse aufs Brot. Sie teilte das Brot in kleine Stücke. Mit Zahnstochern spießte sie die Stücke auf, so tat es die Mutter. Soldaten sind bewaffnet, dachte Luisa und reihte die Stücke aneinander. Luisa hatte die Soldaten zum Bahnhof marschieren sehen, wieso sind es so viele, fragte sie Herrn Zamboni. Das ist eine gute Frage, sagte er, ich weiß es nicht. Aber die meisten glauben an den Sieg, das ist sicher, und Herr Zamboni schaute auf seine Schuhspitzen. Glauben Sie nicht daran, fragte Luisa. Nein, und Herr Zamboni schwieg. Luisa wusste nicht, ob sie Herrn Zamboni verstanden hatte.

Luisa spitzte den Bleistift und die Farbstifte und legte sie ins blaue Etui. Sie suchte das Lineal. Es war aus Holz und halb so lang wie Luisas Arm. Sie legte das Lineal und den Zirkel in die Schachtel. Die Bücher, das Etui und die Schachtel verstaute Luisa in der Mappe, wenn ich in die Mappe reinpassen würde, würde mich jemand davontragen, dachte Luisa. Das gefiel ihr. Sie schaute auf die Uhr in der Küche, die rote Uhr mit den weißen Zeigern. Luisa wusste, dass sie zu spät war. Sie packte den Turnsack und rannte los, sie turnte gern.

In der Turnhalle marschierte der Lehrer mit bleichen Lippen. Er merkte nicht, dass Luisa zu spät kam, der Lehrer hetzte Lilly, los, die leichteste Übung. Lilly war größer als der Lehrer und hatte ein eingedrehtes Bein. Lilly zitterte und weinte fast, sie konnte es nicht. Der Lehrer war wütend, er hat ein hohles Kreuz, dachte Luisa. Aber dann sagte der Lehrer, los Luisa, mach es vor. Später fand Luisa zwischen zwei Büchern eine Auszeichnung, vom Sporttag 1982. Sie hat sie weggeschmissen.

Luisa blieb reglos, hast du gehört, Luisa, zeig's uns, und der Lehrer verschränkte die Arme. Luisa spürte ihren Schweiß und den Bund der Turnhose, sie mochte Lilly, aber Lilly durfte es nicht wissen, weil sie ein eingedrehtes Bein hatte. Als der Pfarrer von den himmlischen Heerscharen sprach, wusste Luisa, Lilly ist eine davon. Lilly sang in der Kirche und Luisa sah immer nach hinten, es klang fast durchsichtig.

Der Lehrer stellte sich vor Luisa hin, sie blickte auf seine schwarze Trillerpfeife, eins zwei, rief der Lehrer, wir haben nicht ewig Zeit. Sie schwang ihre Beine und Arme, die Welt drehte sich. Sie hob den Kopf, stellte sich auf die Zehenspitzen und die Welt drehte sich. Luisa war erschöpft. Na bravo, es geht ja, und der Lehrer steckte die Pfeife in den Mund. Aber dann sagte Nik, Herr Lehrer, warum haben Sie es nicht vorgezeigt, und der Lehrer fixierte Nik. Die Ringe baumelten hin und her. Der Lehrer öffnete den Mund, die Pfeife fiel runter und er fing an zu lachen. Niemand hatte das erwartet. Es klang unheimlicher als die Möwen im Winter. Wir wollen spielen, und der Lehrer lachte immer noch, Nik, welches Spiel wünschst du dir? Nik war sprachlos wie wir alle.

Im Sommer klopft Luisa das erste Mal. Frau Sunder trägt einen Morgenrock und hat zerzaustes Haar. Nehmen Sie meine Pantoffeln, und Luisa denkt, nein, und Luisa bleibt in der Tür stehen. Die Jungen haben es nicht gern, wenn man sie bemuttert, ich weiß. Aber das ist Training, dreißig Jahre lang, das kann ich mir nicht mehr abgewöhnen, und Frau Sunder bittet Luisa herein.

Woher kommen Sie, Frau Amrein, was arbeiten Sie, und Frau Sunder schaut Luisa lange ins Gesicht. Luisa schweigt. Wieso können Sie nicht schlafen? Ich weiß es nicht, antwortet Luisa, ich habe einen leichten Schlaf. Was heißt das, und Frau Sunder macht Tee. Luisa schaut auf die Pantoffeln, ich möchte nicht reden. Was schlagen Sie vor, fragt Frau Sunder. Fernsehen.

Am Nachmittag stellte sich Luisa zu Nik. Was willst du, fragte er. Luisa sagte nichts. Es war heiß. Der Lehrer ist ein Arschloch, und Nik machte dieselben Augen wie der Lehrer. Luisa schaute zu Boden. Wieso stehst du hier, fragte Nik. Einfach so, sagte Luisa. Komm, und Nik nahm Luisa an der Hand.

Nik führte Luisa eine steile Treppe hinauf, die

Erwachsenen erzählen nur Scheiß. Wenn du sie was fragst, merkst du, dass sie Scheiß erzählen. Und manchmal tun sie so, als ob sie fragen, aber sie fragen nicht, und Luisa wusste, dass Nik den Lehrer meinte. Alles fuck, das sagte Nik.

Nach der Treppe zeigte Nik Luisa einen kleinen Kiesweg. Was willst du da, fragte Luisa. Nik zwinkerte Luisa zu, das ist ein Schleichweg. Ich will auch eine Treppe mit Schleichweg, dachte Luisa. Und dann blieb Nik vor einem Gittertor stehen und Luisa fragte, ist es das, und Nik sagte, ja. Luisa trippelte durch den Vorhof. Das Haus war riesig und hatte einen See neben der Garage. Luisa kannte das Haus vom Fernsehen.

Nik wohnte am Waldrand. Das Haus leuchtete wie eine Zitrone. Hinter dem Haus hatte es einen Swimmingpool. Der Keller war so groß wie das Haus, da spielten Nik und seine Brüder, die Partys machen wir auch hier, und Nik knipste Lämpchen an, in allen Farben. Oben und unten, auf jedem Stock hatte es Telefone, wie viele Telefonnummern habt ihr, fragte Luisa. Nur eine, sagte Nik, aber jeder Stock hat eine andere Zahl, damit wir uns anrufen können. Welche Zahl hast du? Nik schaute Luisa an, hob seine Finger, fünf, antwortete er und Luisa sagte, grün, du wohnst bestimmt zuoberst.

Was ist hier drin, Luisa zeigte auf eine Tür, nicht weit von Niks Zimmer. Ich weiß es nicht, und Nik nahm Luisa an der Hand. Wir tun so, als ob ein Einbrecher drin wäre, wir schleichen uns an und überraschen ihn. Luisa nickte und drückte sich an den Boden. Nik flüsterte, hörst du, er ist hier drin. Und dann klopfte Luisas Herz im Hals und in den Ohren, sie hörte die Geräusche wirklich, sie wurden immer deutlicher. Luisa wollte etwas sagen, konnte aber nicht. Sie waren fast bei der Tür, als Nik aufsprang, brüllte wie ein Tier und die Tür mit einem Tritt aufstieß. Luisa aber blieb liegen, verbarg ihren Kopf unter den Armen. Luisa, rief Nik, was ist los? Luisa rührte sich nicht. Es ist nichts, und Nik streichelte Luisas Haar.

Nachts konnte Luisa nicht einschlafen. Sie dachte an Niks Haus, er wohnt in einem Haus mit leeren Zimmern, flüsterte Luisa. Mein Vater ist Geschäftsmann, hatte Nik gesagt, er ist nie zu Hause. Wo ist er, fragte Luisa. Auf Reisen, antwortete Nik und Luisa stellte sich Niks Vater vor, mit einem Koffer und einem schwarzen Regenmantel. Ich höre genau, wenn mein Vater über den Kies fährt, und Nik erklärte Luisa, woran er den Wagen seines Vaters erkannte.

Und Luisa dachte an Antonellas Vater. Er hatte eine schmale Tasche, da legte Frau Fotti die Brote hinein. Einmal sah Luisa Herrn Fotti bei der Eisenbahn. Er sah anders aus, aber Luisa wusste nicht genau wieso. Vielleicht weil Luisa Herrn Fotti sonst in der Wohnung sah, und Luisa dachte an Antonella, Niks Haus hätte Antonella nicht angezündet, aber Luisa war sich nicht sicher.

Frau Sunder und Luisa schwitzen im Wohnzimmer, sie schauen sich Filme an, trinken Eistee und essen getrocknete Früchte. Krimis hat Frau Sunder am liebsten, vor allem die ganz billigen, die sind zum Lachen. Luisa mag keine Quizsendungen und schaut sie sich trotzdem an. Manchmal schläft Luisa bei Frau Sunder auf dem Sofa. Das alte Stück, sagt Frau Sunder, aber ich bin auch nicht ganz neu, und Luisa lacht. Sie mag Frau Sunders karge Wohnung. Den hellen Teppich, die Pflanze, das Bücherregal, den Wohnzimmertisch, den Fernseher mit Video und sonst nichts, Sie hätten meine frühere Wohnung sehen sollen, und Frau Sunder erzählt und Luisa schläft ein.

Morgens rannte Luisa zu Herrn Zamboni. Sie stellte sich vor ihn hin, er wartete. Luisa schaute zum Hund im Schaufenster und erzählte dann von Nik. Das ist großartig, sagte Herr Zamboni. Luisa freute sich und lachte, wieso haben Sie es nicht vorgemacht, fragte Nik den Lehrer, und der Hund bellte, wenn Herr Zamboni lachte. Luisa fragte, ob Antonella Niks Haus angezündet hätte. Vielleicht nicht, antwortete Herr Zamboni.

Ich möchte noch etwas wissen, sagte Luisa. Sie erinnert sich, dass sie die roten Schuhe trug, die auf dem Asphalt knallten. Was ist Petting, und Herr Zamboni hob seine Augenbrauen und sagte, na hoppla, und schaute zu Boden. Als Herr Zamboni zu reden anfing, war es peinlich. Aber dann fingen sie beide an zu kichern, weil Herr Zamboni sagte, ich bin verkrampft. Und er sagte alles, was Luisa wissen wollte.

Der Lehrer hatte einen Hexenschuss und kam nicht zur Schule. Ein Aushilfslehrer schrieb Aufgaben an die Wandtafel, was ist ein Hexenschuss, fragte jemand. Rückenschmerzen, man kann sich nicht mehr bewegen, antwortete der Lehrer. Die Klasse lachte ein bisschen. Was ist daran witzig, fragte er, drehte sich nicht um, sondern schrieb weiter große, runde Buchstaben an die Tafel.

Luisa stellte sich den Lehrer im Rollstuhl vor. Und

niemand würde ihn stoßen. Hoffentlich ist er für immer gelähmt, platzte es aus einem heraus und alle grinsten. Der Aushilfslehrer drehte sich rasch um, weißt du überhaupt, was du da sagst, seine Stimme brauste über die Köpfe, seine Hand mit der Kreide streckte sich nach vorn, daran erinnert sich Luisa genau. Es wurde ganz still, der Lehrer blickte alle der Reihe nach an. Luisa fühlte, wie ihre Ohren pochten, das Bild vom Lehrer im Rollstuhl wollte trotzdem nicht verschwinden.

Die Sonne brannte auf den Pausenplatz und Nik sagte, nach der Schule gehen wir schwimmen, und Luisa war glücklich. Zu Hause fragte sie die Mutter, die Mutter antwortete, nein. Warum nicht, und Luisa packte sie am Kleid, aber die Mutter presste die Lippen zusammen, heute bleibst du zu Hause. Luisa wusste, dass es wegen dem Vater war. Gestern hatte Luisa am Tisch gefragt, wieso gibt's Aufschnitt, und sie wusste nicht, wieso sie fragte. Der Vater aß weiter, schaute nicht auf und Luisa ahnte, dass es schlimm war. Auch die Mutter aß weiter und Luisa dachte, bald geschieht etwas. Dann geschah nichts, der Vater sagte nur, schau mal einer an, sie spricht wieder, Luisa aber wusste, dass das nicht alles war.

Nach dem Abendessen setzte sich der Vater ins Wohnzimmer. Luisa lag in ihrem Bett unter der Decke, der Vater rief ein paarmal Luisas Namen, seine Stimme war deutlich zu hören. Luisa wartete und schloss die Augen. Der Vater kam nicht. Sie schlüpfte aus dem Bett, schlich bis zur Tür und horchte. Die Uhr tickte im Korridor, sonst war alles still. Luisa öffnete die Zimmertür und drückte sich der Wand entlang bis zum Wohnzimmer, der Vater schlief. Seine Hände lagen in seinem Schoß und der Gürtel neben ihm, auf dem Sofa. Die Mutter kam aus der Küche und hielt den Zeigfinger auf die Lippen. Der Vater pfiff leise durch den Mund. Es klang friedlich.

Frau Fotti hatte zu Antonella gesagt, warte, bis der Vater von der Eisenbahn nach Hause kommt. Als Herr Fotti kam, schluchzte Frau Fotti wie alle Mütter und niemand verstand, was Frau Fotti sagte. Herrn Fottis Stimme überschlug sich, wirst du wohl ruhig sein, und Frau Fotti war ganz ruhig und erzählte. Herr Fotti stand immer noch in der Tür, seine Haare klebten am Kopf.

Als Frau Fotti fertig war, dachte Luisa, jetzt geschieht etwas, aber es geschah nichts. Herr Fotti stand wie eingefroren im Türrahmen, er schwieg. Frau Fotti schaute zu ihm auf. Antonella und Luisa saßen in der Ecke des grünen Sofas. Das Radio der Nachbarn war gut zu hören.

Dann packte Herr Fotti seine Tasche, warf sie auf den Boden, stampfte mit dem Fuß auf die Tasche und Frau Fotti fing wieder an zu schluchzen und Herr Fotti prügelte Antonella, bis Luisa schrie. Herr Fotti aber schlug sich mit der Faust gegen die Stirn und brüllte auf Italienisch, dann auf Deutsch, wozu arbeite ich? Immer wieder erinnerte sich Luisa daran, es kam ihr traurig vor. Wieso.

Es war spät, als Luisa die Fensterläden öffnete. Die Luft war warm und Luisa kletterte aus dem Fenster. Vor dem Fenster schaute sie in ihr Zimmer, so sieht es ganz anders aus, dachte Luisa. Dann rannte sie. Die gelben Laternen flogen an ihr vorüber und Luisa zählte, achtzehn Laternen von der Dorfstraße bis zur

Eigenheimstraße. An der Eigenheimstraße wohnte Isabel, sie war dick und hatte eine Katze mit gequetschtem Rücken. Isabel hatte sie gefunden und gepflegt. Luisa warf Kieselsteine an Isabels Fenster. Sie hat keine Fensterläden, dachte Luisa. Isabel, rief Luisa, bis Isabel ihren Kopf zeigte. Was willst du, zischte Isabel. Komm raus, ich möchte Frieden machen, und Luisa zitterte.

Es war immer das gleiche Spiel. Luisa lockte Isabel und Isabel glaubte Luisa. Und Isabel konnte nichts tun, weil sie unbeliebt war. Niemand wusste warum, aber das war egal. Isabels Gesicht war groß, rund und dumm, das sagten alle. Und Isabel hatte einen Busen, als wir anderen noch keinen hatten, denkt Luisa.

Isabel, du bist schön, sagte Luisa und machte ein ernstes Gesicht. Du lügst, antwortete Isabel, du meinst es nicht so, aber Luisa sagte, doch, ganz sicher, du bist die Schönste. Und dann kam Isabel mit, komm Isa, rief Luisa.

In dieser Nacht wollte Luisa auf den Schulhausplatz. Es roch nach Blumen und Luisa hielt Isabel an der Hand. Bist du jetzt meine Freundin, fragte Isabel und Luisa sagte, ja, und drückte Isabels Hand fester. Luisas Herz pochte im Hals, als sie Isabel befahl, sich auszuziehen und sich in den Sandkasten zu legen. Luisa rieb Isabel mit Sand ein, weil du die Schönste bist, sagte Luisa. Isabel weinte und ihre dicken Beine waren weiß. Warum bist du wieder gemein, und Isabel schluchzte, aber Luisa sagte nichts. Es war einfach so.

Luisa legte sich ins Bett. Sie war müde und ruhig. Nächstes Mal lüge ich, ich gehe mit Nik schwimmen, egal, was passiert. Und der Lehrer ist ein Arschloch, Nik hat recht, und Luisa schlief ein.

In einer Herbstnacht klopft Luisa an Frau Sunders Tür. Luisa entschuldigt sich, es ist sehr spät. Ach was, Frau Amrein, sagt Frau Sunder. Sie setzen sich in die Küche. Luisa fixiert das Tischtuch, ich habe einen leichten Schlaf, und sie hüpft mit dem Finger über die Quadrate des Tischtuches. Das haben Sie mir schon erzählt, meine Liebe. Frau Sunder massiert sich die Füße. Luisa sagt, ich weiß nicht, was ich erzählen soll. Erzählen Sie so, wie wenn ich gar nicht da wäre. Erzählen Sie von sich, als wären Sie jemand anders, und Frau Sunder lacht.

Herbst.

Luisa hatte keinen Hunger. Sie zog sich schön an, die gelbe Bluse und die schwarze Hose. Meine kleine Biene, hatte die Tante gesagt, als sie Luisa die Kleider zur Kommunion schenkte. Luisa mochte die Tante, weil sie ihre Lippen rot schminkte und laut lachte. Manchmal sagte die Tante, ja, die Männer, und schloss die Augen. Ihren Mann meinte die Tante nicht, das wusste Luisa inzwischen. Luisa hätte der Tante von Nik erzählt, aber die Tante war damals schon verschwunden.

Mit der gelben Bluse, der schwarzen Hose und den Turnschuhen marschierte Luisa los. Sie ging durch die Geschäftsstraßen. Das Haushaltsgeschäft von Herrn Schmid. Die Bäckerei von Frau Iten. Der Lebensmittelladen von Frau Zurbuchen. Alle Schaufenster spiegelten Luisa, im Schaufenster der Bäckerei sah sie sich am besten, Luisa reckte ihren Kopf aus dem Hals und war stolz. Sie erinnert sich genau an dieses Gefühl.

Wer leuchtet denn so vor sich hin, ist es nicht Luisa, das Königskind? Paul schrieb es auf einen Zettel und reichte ihn weiter. Paul war älter und hatte die meisten Freunde. Als Luisa den Spruch gelesen hatte, brannte ihr Bauch. Sie schämte sich, man durfte sich nichts anmerken lassen. Luisa dachte an die Kinder, die in Flüssigkeit eingelegt sind und eine schrumplige Haut haben. Im Fernsehen hatten sie es gezeigt. Und Luisa dachte an Nik. Sie hätte sich am liebsten in Luft aufgelöst.

In der Pause versperrte Luisa Paul den Weg und sie fühlte sich stark. Dann sagte Luisa alle Sprüche auf, die sie auswendig gelernt hatte, und die ganze Klasse versammelte sich um sie herum. Luisa sprach schnell und sagte, Paul, du Pest, ich geb dir den Rest, später wusste Luisa, sie hatte sich die Rache eingebildet. Die Bluse und die Hose zog Luisa nie mehr an, das war sicher. Nach der Schule rannte Luisa zu Herrn Zamboni. Sie wusste, dass er nicht helfen konnte.

Tage später stand Paul auf dem Pausenplatz. Er verschränkte seine Arme und rief, Micha hat Läuse, Michas Vater ist beim Müll. Niemand wusste, ob es stimmte, alle riefen es und lachten, Luisa lachte mit. Sie war froh, dass die anderen sie vergessen hatten. Micha klammerte sich an seine Mappe und wollte davonrennen. Paul versperrte ihm den Weg, he, du Stinker, wo gehst du hin, wo arbeitet dein Vater, wer bist du, und Paul schubste Micha. Luisa stand neben Paul und Nik stand neben Luisa. Nik hatte Luisa wie Luft behandelt, jetzt schaute er sie an, als wäre nichts gewesen.

Luisa erinnert sich, dass sie auf dem Nachhauseweg ein komisches Gefühl hatte, heute würde sie sagen, damals hat sich was verändert, ihr Kopf klopfte. Niemand war gegen Paul, auch Nik nicht. Nik hatte vier Brüder, alle zogen den Scheitel auf die gleiche Seite. Und gegenüber Niks ältestem Bruder war Nik eine Null. Nik, dein Hemd ist nicht in Ordnung, sagte Niks ältester Bruder, es klang wie ein Befehl und Nik fingerte seinen Hemdkragen aus dem Pullover. Und Luisa würde nicht mehr zu Isabel gehen. Das war endgültig vorbei.

Zu Hause zerlegte Luisa Bernhards Geschenk. Luisa hatte Phantom geliebt, jetzt hasste sie ihn. Lieber Bernie, dachte Luisa und riss Phantom die Arme aus, dann die Beine.

Luisa musterte die Farben des Teppichs, am Sonntag ist es langweilig, und alles kam Luisa hässlich vor. Aber sie wusste nicht, wie es hätte besser sein können. Ihre Schwester malte. Luisa kreiste mit dem Finger um die braunen Quadrate, wieso sind Teppiche so hässlich, wieso ist ein Sonntag wie der andere.

Luisa und ihre Schwester spielten Karten, das Quartett mit den Flugzeugen. Luisas Schwester spielte das am liebsten und hatte die beste Karte. Sie streckte die Concorde in die Luft, wackelte mit dem Kopf und spielte mit der Zunge. Deine Zähne sind gelbe Stummel, hässlich bist du, und Luisa warf die Karten weg. Luisas Schwester weinte, die Mutter schaute mit aufgerissenen Augen ins Zimmer und flüsterte, seid still, sonst gibt's was.

Die Filzstifte quietschten auf dem Papier, Luisas Schwester beugte sich über den Zeichenblock. Ihr Rücken war über der Hose nackt, weil der Pullover zu klein war. Und Luisa sah die Stifte kreisen, sie packte ihre Schwester am Schopf. Da war nichts

Außergewöhnliches. Luisa schlug ihre Schwester, sie hatte den Grund vergessen, ihre Schwester weinte. Das gehörte dazu.

Dann aber stand Luisas Schwester auf, schaute Luisa fest an und schlug sie auf den Kopf und Luisa weinte. Klara, rief Luisa. Aber Luisas Schwester sagte nichts. Es war nicht mehr so, dass Luisas Vater Luisa schlug und Luisa Klara. Und es war nicht mehr so, dass es Luisa nicht richtig weh tat, weil es Klara mehr weh tat. Ich bin schlecht, dachte Luisa. Warum.

In einer Nacht im Winter klopft Luisa an Frau Sunders Tür. Als sie Frau Sunder mit Morgenrock und zerzaustem Haar sieht, entschuldigt sie sich. Ach was, Frau Amrein, sagt Frau Sunder und bittet sie herein. Sie setzen sich in die Küche. Möchten Sie etwas trinken? Ja, sagt Luisa.

Meistens schlief ich mit Licht, erzählt Luisa. Lange schaute ich mich im Zimmer um. Und oft wünschte ich mir nichts sehnlicher, als in Herrn Zambonis Schaufenster zu schlafen. Herr Zamboni war Friseur, Luisa stockt.

Daheim.

Die Fensterläden öffneten sich wie von allein, Luisa leuchtete mit der Lampe in die Nacht hinein, sie knipste die Lampe an und wieder aus, das Nachthemd füllte sich mit kalter Luft. Der Vater brüllte, die Mutter weinte. Luisa setzte sich aufs Fenstersims, blätterte in ihrem Schulbuch und sagte die Überschriften laut vor sich hin, sie wollte nichts hören. Über den Wolken, las Luisa, das Geheimnis der Vögel.

Dann spitzte sie die Farbstifte der Reihe nach und drückte die farbigen Spitzen in den Teppich und sah zur Tür, da war kein Schlüssel. Luisa kroch unters Bett und aß ihren Vorrat, was anderes hätte ich tun sollen.

Bald ist der Vater alt, dann sind seine Hände fleckig und seine Zähne fallen ihm aus. Jesus, warum bist du im Kreuz verschwunden, dachte Luisa. Sie rollte sich zusammen und schlief ein.

Frau Sunder zupft an ihrem Ohr und öffnet die Schranktür. In der Küche tickt die Uhr, Luisas Herz klopft bis zum Hals. Schwarz, rot oder grün, und Frau Sunder zeigt auf die Teesorten. Grün, antwortet Luisa und Frau Sunder spricht über die Pflanze, über die regelmäßig gezackten Blätter der Pflanze und den energiesparenden Tauchsieder.

Wieso erzählt sie mir das, denkt Luisa und fixiert Frau Sunders Küchenuhr. Ein Geschenk meiner ehemaligen Schwiegermutter, ist sie nicht geschmacklos, fragt Frau Sunder. Luisa steht auf und geht. Frau Amrein!

Nik wohnte am Waldrand. Sein Haus leuchtete wie eine Zitrone. Hinter dem Haus waren eine Wiese und ein Swimmingpool. Nik und Luisa saßen in den Blättern am Waldrand. Luisa kam sich winzig vor, bist du manchmal allein zu Hause, fragte Luisa. Nein, sagte Nik. Wir haben einen Alarm, und Nik erklärte, wie der Alarm funktionierte. Du musst Zahlen eingeben, dann ist das Haus sicher. Luisa kapierte nicht.

Der Alarm ist ein Panzer, komm, und Nik rannte los. Er streckte seine Hand aus, heulte wie eine Sirene. Und beim Gittertor war Luisa außer Atem. Welche Zahlen muss man eingeben? Das ist geheim, sagte Nik.

Und dann fragte Luisa, wieso hast du drei Tage

nicht mit mir gesprochen? Nik schwieg und sagte, nachdem Luisa noch einmal gefragt hatte, hör auf.

Warum sagst du's nicht, und Luisa senkte den Kopf. Nik aber führte Luisa in ein Zimmer im Keller, dort standen zwei Sofas. Du kannst wählen, flüsterte Nik. Luisa blieb stehen und sagte, ich muss nach Hause. Du bist sexy, flüsterte Nik und Luisa bebte bis in die Beine. Sie sah sich und Nik auf einem Poster, rechts von ihnen war eine Palme.

Und dann hauchte Nik und er konnte es fast nicht, ich möchte wissen, was du zwischen den Beinen hast. Luisas Mund zitterte, sie war lange still.

Wo war unsere kleine Dame, schrie der Vater. Weiß sie nicht, wie spät es ist, und das Hemd des Vaters war nicht mehr in der Hose. Ist es anderswo besser, und Luisa sah, wie der Vater taumelte, Luisa sagte nichts. Ist es anderswo besser, und der Vater schrie es immer wieder, Luisa zählte leise in sich hinein.

Was flüsterst du, raus damit, und der Vater hielt die Finger in die Luft. Zählen, sagte Luisa. Was tust du, zählen, was soll das, und der Vater packte Luisa am Hals, sie hatte keine Ahnung, ob es anderswo besser war.

Das Lineal lag auf dem Schreibtisch. Es war lang und dünn. Und die Mutter betete für Luisa, aber Luisa wollte nicht mehr, dass die Mutter für sie betete. Damals fing es an, weh zu tun. Luisa prügelte Klara nicht mehr und Klara war nicht mehr schwächer. Damals fing es an, nicht mehr normal zu sein. Luisa kletterte aus dem Fenster und rannte zu Isabel. Komm Isa, rief Luisa.

Jahre später lernte Luisa Valérie kennen. Du lernst mich noch kennen, sagte Valérie und zog ihre Mundwinkel hoch. Sie lebte in einer Zweizimmerwohnung im vierten Bezirk, ihre Zimmer waren vollgestopft mit Kleinigkeiten, alles unnützes Zeug, sagte Valérie. Luisa wischte mit ihrem Ärmel über das Fenstersims und schaute zu, wie die Schrauben, Muscheln, Steine, Nussschalen, Glasperlen über den Boden rollten. Valérie lehnte sich gegen die Wand. Wieso sagst du nichts, fragte Luisa. Valérie schloss die Augen und legte ihre Hände auf die Wangen, es tut mir leid, sagte sie. Es ist wahrscheinlich besser, wenn ich jetzt gehe, dachte Luisa und packte ihre Sachen. Valérie rief ihr nach, wo willst du hin?

Nik hatte eine Eisbahn gebaut, die war länger als die Schulhauswiese. Alle standen auf dem Pausenplatz und gafften. Norbert wohnte neben der Schule und erzählte, er habe Nik gesehen, die ganze Nacht hat er Wasserkübel von der Gärtnerei zur Schule getragen. Irgendwann sei der Abwart gekommen, ich habe ihm ein Bein gestellt und einfach weitergebaut, sagte Nik gleichgültig.

Der Abwart humpelte tatsächlich und Nik war ein Star. Nik musste dann zum Lehrer und alle warteten vor dem Lehrerzimmer. Es war nichts zu hören. Norbert sagte, der Lehrer habe eine perverse Folterkammer. Und alle schwatzten durcheinander, weil jeder etwas wusste. Dann aber war's plötzlich still. Alle Augen richteten sich auf einen Mann. Er hatte schwarze Haare und war elegant gekleidet. Er fragte, ist hier das Lehrerzimmer? Niemand sagte ein Wort.

Als der Mann verschwunden war, sagte Norbert hinter vorgehaltener Hand, der Mann gehört zur Mafia. Für Luisa aber war der Mann eine Erscheinung, sie konnte ihn nicht mehr vergessen. Es war Niks Vater.

Später standen alle um Nik herum und wollten wissen, was mit dem Lehrer gewesen war. Nik schaute in die Runde und verzog keine Miene. Dann zog er seine Handschuhe aus, formte einen Schneeball, warf ihn auf die Wiese und sagte langsam, der Lehrer tanzt nach meiner Pfeife.

Paul schob die anderen beiseite, formte einen Schneeball und ließ ihn im Mund verschwinden. Nik schaute zu Paul. Nik grinste. Und Paul grinste. Luisa war klar, was das bedeutete.

Am gleichen Tag befahl Nik, zieh dich aus! Luisa tat es. Nik wusste alles von seinem größeren Bruder. Leg dich auf den Bauch, sagte Nik. Luisa spürte ihr Herz überall. Sie dachte daran, was Herr Zamboni über Petting gesagt hatte, und sie wusste, dass das nicht dasselbe war. Hat das, was du tust, einen Namen, fragte Luisa. King Kong, sagte Nik und Luisa lachte. Mit einer Hand hielt Nik Luisas Hand, mit der anderen war er bei ihren Beinen. Die Zähne legte er auf Luisas Rücken. Luisa dachte, dass Nik sagen würde, du hast Streifen auf dem Rücken, aber Nik sagte nichts, er machte winzige Geräusche. Ist Paul dein neuer Freund, fragte Luisa, Nik antwortete, das geht dich einen Scheiß an.

Nik sah man nie mehr ohne Paul und sie sagten, wir sind unschlagbar. Später wusste Luisa, dass Nik darauf gewartet hatte. Und Luisa war für Nik nicht mehr interessant.

Frank holte Luisa am Bahnhof ab, sie fuhr mit ihm jedes Wochenende aus der Stadt hinaus. Ich will nichts wissen, sagte Frank. Gut, dachte Luisa und stieg in Franks Auto. Er riecht angenehm, und Luisa fühlte ein Ziehen bis in den Bauch. Wenn du was Ernstes von mir willst, bist du an der falschen Adresse, sagte Frank und lächelte wie ein Gentleman. Franks Haus war weiß und braun eingefasst wie die anderen Häuser auch. Frank heißt ja nicht Ernst, dachte Luisa und lachte über sich selbst.

Im Dunkeln unter der Decke kamen zwei Gestalten näher. Luisa erkannte den Hausmeister und den Vater, sie gingen Arm in Arm. Ihre Schritte knallten auf dem Boden, das Hemd des Vaters und der Kittel des Hausmeisters flatterten in der Luft. Warum kommt ihr zu mir, fragte Luisa und schämte sich, dass sie ihren Pyjama trug, sie fühlte sich nackt. Der Hausmeister und der Vater antworteten nicht. Sie wurden sich immer ähnlicher, je näher sie kamen. Geht weg, rief Luisa und klemmte ihren Kopf zwischen die Hände. Die Mutter schlug die Decke zurück, du hast schlecht geträumt, sagte sie.

Am nächsten Tag war alles weiß. Luisa freute sich über die Flocken, die langsam vom Himmel fielen. Sie rannte zu Herrn Zamboni und erzählte vom Hausmeister, irgendwann stürmt er mein Zimmer. Ich verstehe nicht, sagte Herr Zamboni. Der Hausmeister ist im Keller, auf dem Dachboden, hinter dem Haus. Wenn ich von der Schule komme, beobachtet er mich, nachts höre ich seinen Schlüsselbund, und Luisa stockte. Herr Zamboni antwortete, der Hausmeister muss überall sein, das ist sein Beruf. Luisa setzte sich auf den Küchentisch, er verfolgt mich, sagte sie.

Was hat er dir getan, fragte Herr Zamboni. Nichts, und Luisa hörte das Pfeifen von Herrn Zambonis

Hund. Herr Zamboni hielt Luisas Finger und sagte, ich möchte wissen, wovor du Angst hast. Luisa klopfte die Stiefel gegeneinander, ich weiß es nicht genau. Ein Freund von mir arbeitet bei der Schulpflege, sagte Herr Zamboni, du kennst ihn, er wird uns helfen. Luisa kannte Herrn Brant, aber sie mochte ihn nicht, weil er nach Treppenhaus roch. Du musst ihm alles erzählen, und Luisa blickte in Herrn Zambonis Augen und versuchte zu verstehen, was soll ich ihm erzählen, fragte Luisa. Ich begleite dich, und Herr Zamboni drehte den Kopf zu seinem Hund, du hast es nicht gut, sagte er.

Daran erinnert sich Luisa genau: etwas Spitziges bohrte sich in ihren Bauch und ein Feuer brannte im Kopf, als hätte es nie etwas anderes gegeben. Antonella, dachte Luisa, ich bin so wie du. Luisa, sagte Herr Zamboni. Luisa rutschte vom Tisch, setzte einen Fuß vor den anderen. Und sie kam lange nicht wieder.

V

Als Luisa aufwachte, schneite es. Sie streckte ihre Zehen übers Sofa und rieb sich die Augen. Auf dem Wohnzimmertisch lag ein Zettel. Bin gleich wieder zurück. Frühstück steht bereit. Luisa zog sich an, wusch sich und kämmte das Haar aus dem Gesicht. Auf dem Küchentisch standen Milch, Brot, Butter und Honig. Luisa goss Milch in einen Suppenteller und warf Brotstücke in ihn hinein. Die Brotstücke wuchsen, die Nacht pochte immer noch im Kopf. Diese gefräßige Pflanze, und Luisa zupfte an einem weißgrünen Blatt von Frau Sunders Pflanze, das Blatt fühlte sich an wie Wachs. Sie trank die Milch aus dem Suppenteller und das Klo spülte die Brotstücke weg. In der Küche drehte sie das Radio an, die Musik wirbelte die Flocken durch die Luft. Dann rückte Luisa den Stuhl zurecht, wusch den Teller ab und schlüpfte im Korridor in ihre Schuhe. Sie schrieb auf die Rückseite von Frau Sunders Zettel. Ich danke Ihnen. Ich wünschte mir, irgendwann so zu leben wie Sie. Luisa blieb einen kurzen Moment im Korridor stehen, blickte ins Wohnzimmer, bevor sie sich rasch umdrehte und aus Frau Sunders Wohnung verschwand.

Luisa saß mit den Schuhen auf dem Sofa. Sie überlegte, was für ein Tag war. Draußen schneite es immer noch, es war Donnerstag. Luisa stand auf, streckte ihre Hand aus dem Fenster, die warme Haut brachte die Flocken zum Verschwinden und im Innenhof spielten die Kinder. Ihre Stimmen klangen gedämpft, Schneebälle knallten gegen die Mauern. Im gegenüberliegenden Haus spielte der glatzköpfige Mann Klavier. Sein Rücken wölbte sich, eine winzige Lampe beleuchtete die Notenblätter. Vielleicht ruft Valérie an, dachte Luisa und das Telefon lag griffbereit vor dem Sofa, auf dem Boden. Irgendwann fahren wir zusammen weg.

Es klopfte an die Wohnungstür. Luisa drehte ihren Kopf Richtung Korridor und hörte Frau Sunders Stimme. Frau Amrein, sind Sie da, und Luisa sah Frau Sunders helles Gesicht vor sich. Es ist niemand da, dachte Luisa. Frau Sunder klopfte weiter, ich habe Ihnen etwas mitgebracht. Luisa rührte sich nicht. Sie horchte, es war ganz still, Luisa hätte am liebsten gerufen, kommen Sie rein! Frau Sunders Schritte entfernten sich, sie trägt bei jedem Wetter Turnschuhe, dachte Luisa und hörte, wie ihre Tür ins Schloss fiel.

Luisa packte den Hörer. Sie rief Frank an, im Büro. Ich will dich sehen, Frank antwortete nicht. Vielleicht machst du eine Ausnahme, sagte sie. Ich hole dich ab, oder wir treffen uns am Bahnhof. Keine Ausnahmen, antwortete Frank, Luisa hielt den Hörer vors Gesicht, sie sah Frank im Büro sitzen, in einem Büro hinter Glas mit Lift. Kennst du Valérie, fragte Luisa und streckte den Hörer Richtung Ofen, sag nur nicht, dass du sie nicht kennst. Franks Stimme wurde lauter, obwohl sie weit weg war. Luisa blickte zum Klavierspieler, ich höre nichts, sagte Luisa und die

Finger des Mannes wirbelten über die Tasten. Frank hatte aufgelegt, der Ton summte so lange, bis Luisas Hand eingeschlafen war.

Taubstummengasse. Gassergasse. Luisa schwitzte, sie umkreiste mit Filzstift merkwürdige Straßennamen. Himmelschlüsselweg. Mariahilfer Straße. Man sollte einen Plan im Kopf haben, dachte Luisa und überblickte schraffierte Grünflächen, weiße und gelbe Straßen, rosarot markierte Sehenswürdigkeiten. 1:17000. Stadtplan. Plan de ville. Pianta della città. City map. Luisa riss den Plan von den Nägeln und breitete ihn auf dem Boden aus. Sie kniete nieder, beugte sich über die Karte und fuhr mit dem Stift durch die Straßen und Gassen, von Valérie bis Frank und zurück. Sie faltete den Plan und steckte ihn in ihre Handtasche.

Das Wasser war kälter als die Haut, Luisa duschte. Die Tropfen blieben an der Haut hängen wie durchsichtige Tiere und Luisa dachte, ich muss was tun. Sie setzte sich, drückte den Kopf auf die Knie und ließ das Wasser über den Hinterkopf laufen. Die Zehen schob Luisa ineinander und fing an, ein Lied zu summen. Es hallte in der Dusche, das Wasser wurde immer kälter. Du musst was tun, sagte Valérie, du kannst nicht so vor dich hin leben. Das Wasser drehte sich im Gegenuhrzeigersinn in den Abfluss. Hattest du nie irgendwelche Pläne, fragte Valérie. Keine Pläne, aber Vorsätze.

Die Wassertropfen lösten sich vom Haar und perlten den Rücken hinunter, Luisa bekam Gänsehaut. Sie legte sich das Handtuch über die Schultern, zog mit dem Kamm einen Scheitel, zuerst in der Mitte, dann auf der Seite. Himmelpfortgasse, Luisa blickte in den Spiegel und sah den Hund im Schaufenster schlafen, Herrn Zambonis Lachen schwebte über ihr. Luisa spitzte die Lippen und betupfte sie mit Farbe. Die Augenbrauen zog sie mit dem dunkelbraunen Stift nach. Dann packte sie die Schere und schnitt sich ins Haar, das abgeschnittene Haar fühlt sich kälter an als auf dem Kopf, dachte Luisa. Sie rieb das Haar trocken und toupierte es mit dem Frisierkamm. Die Haare standen in allen Richtungen vom Kopf.

Luisa langte nach dem Abendkleid unter dem Sofa und strich es auf dem Boden glatt. Dann knickte sie die Ärmel, legte den Stoff in Falten, zog den Saum an einer Seite hoch, damit das Kleid wie in Bewegung aussieht, dachte Luisa. Die Fotos verteilte sie rund ums Kleid, wenn du Frank wiedersiehst, hast du mich verraten, sagte Valérie, dann kannst du mich mal. Luisa betrachtete die Fotos der Reihe nach, sie wählte eines aus und platzierte es beim Ausschnitt. Als Kind hatte sie ein ähnliches Kleid im Schaufenster gesehen. Luisa war so klein, dass sie unters Kleid sehen konnte, aber unter dem Kleid war nichts als Luft.

Die Waffe wog schwerer als eine Hand, Luisa umfasste sie mit beiden Händen und setzte sich aufs Sofa. Sie verlängerte ihren Arm, kniff ein Auge zu und zielte aufs Kleid. Das Herz klopfte durch die Hand, in den Lauf, der Rücken fing an zu zittern, ich werde es tun. Luisa ließ ihren Arm hängen, er pendelte neben ihr. Sie schlüpfte ins Abendkleid, drehte sich kurz vor dem Spiegel, steckte die Fotos und die

Waffe in die Manteltasche. Im Kopf summte ein Ton und Luisa blickte zum Telefon, es könnte sein, dass Valérie anruft. Und Frank saß rasiert und mit übereinandergeschlagenen Beinen im Büro. Draußen schneite es immer noch. Luisa schlüpfte in die Schuhe, wickelte ein Tuch um den Hals und die Finger verschwanden in den Handschuhen. Handschuhe, was für ein Wort, sagte Valérie. Luisa setzte sich auf den Boden, neben das Telefon. Es klingelte an der Wohnungstür.

So habe ich Sie noch nie gesehen, sagte Frau Sunder, ist alles in Ordnung! Luisa nickte. Was haben Sie vor? Luisas Blick fixierte Frau Sunders Stirn, verstehe, geht mich nichts an, sagte Frau Sunder und streckte ihre Hände, das ist für Sie. Das Papier glänzte im Treppenhauslicht, Frau Sunder lächelte. Ich bin etwas überrascht, Luisa lehnte sich gegen die Wohnungstür. Nehmen Sie es doch, und Frau Sunder drückte das Paket in Luisas Arme, morgen kommen meine Enkelkinder zum Frühstück, Sie sind herzlich eingeladen. Wann, fragte Luisa. Gegen zehn, Frau Sunder drehte sich um und winkte. Im Treppenhaus war es später Nachmittag und es roch nach Orangen. In vier Tagen ist Weihnachten.

Luisa legte das Paket auf die Kommode, neben die Bücher und Zeitschriften. Sie zupfte an der Schleife und überlegte sich, was Frau Sunder ihr wohl schenkte. Das ist mein ganzer Besitz, sagte Luisa und deutete mit ihrem Blick auf die Kommode, die Kleider, den Spiegel und die Bücher. Vorbildlich, meinte Valérie. Aber was versteckst du in deiner Kommode, fragte sie, hielt sich eine Hand vor die Augen und zog ein Foto aus der Schublade. Bist du das, Valérie zeigte auf das Kommunionsfoto, ja, antwortete Luisa. Und die neben dir? Antonella. Erzähl mir von früher, sagte Valérie. Ich habe fast alles vergessen, und Luisa nahm Valérie das Foto aus der Hand, dann erzähl mir doch den Rest.

Luisa klemmte die Handtasche unter den Arm und schloss die Tür hinter sich, das Telefon hatte nicht geklingelt. Sie wartete noch einen Augenblick, dann eilte sie die Treppen hinunter, die Schuhe knallten auf den Stufen. Neben der Eingangstür hingen die Briefkästen rechts und links an der Wand. Luisa schob einen weißen Umschlag bei Sunder hinein. Das Namensschild war von Hand geschrieben, mit einfacher und klarer Schrift. Sunder.

Draußen blies der Wind die Flocken durch die Straßen. Luisa knöpfte den Mantelkragen bis über den Hals zu und trippelte die Straße hinunter. Ich trage die falschen Schuhe, sagte Luisa, überall lag Schnee. Die Autos fuhren langsam, die Scheibenwischer bewegten sich hin und her. Lichterketten blinkten aus den Schaufenstern in die Nacht hinein. Am Kardinal Nagl Platz sangen vier Männer Weihnachtslieder, für unsere Mitmenschen, stand auf den Handzetteln, die sie verteilten. Luisa wischte mit dem Mantelärmel über die Scheibe eines Taxis und klopfte gegen das Glas, der Fahrer schreckte auf. Sauwetter, fluchte er und rieb sich die Augen, ich hab Feierabend. Es ist dringend, sagte Luisa und zeigte auf ihre Schuhe. Der Mann verzog den Mund, ist das alles, und er drehte das Radio an, Luisa zückte ihr Portemonnaie. Wo wollen Sie hin?

Die Tür drehte in die Eingangshalle und der Portier erhob sich hinter der Glasscheibe, kann ich Ihnen behilflich sein? Luisa antwortete, nein. Kann ich Sie anmelden, der Portier blickte über den Brillenrand und trug eine blaue Uniform. Ich warte, Luisa blieb vor dem Portier stehen und blickte ihm direkt in die Augen. Sie können sich setzen, wenn Sie wollen, der Portier zeigte nach hinten, zu einer Sitzgruppe mit Bildern und Pflanzen. Es war ganz still. Die Knöpfe des Portiers glänzten und Luisa fragte, kennen Sie Herrn Ulrich? Natürlich, antwortete der Portier, sind Sie mit ihm verabredet? Ihre Füße setzten sich Richtung Sitzgruppe in Bewegung und Luisa fühlte die Augen des Portiers im Rücken.

Luisa setzte sich auf einen Stuhl mit steifer Lehne. Der Stuhl und der Tisch hatten eine unauffällige Farbe, wie die Bilder an der Wand. Die Zeitschriften lagen geordnet übereinander, ich trage die falschen Schuhe, und Luisa fühlte die nassen Zehen, während sie in einer Zeitschrift die Überschriften durchblätterte. Die Buchstaben und das Papier glänzten wie die Halle, Luisa steckte sich eine Zigarette an, vielleicht ist er schon weg. Der Portier brachte einen Aschenbecher, möchten Sie einen Kaffee? Luisa blickte ihm zwischen die dichten Augenbrauen, seine Stirnfalten passten zu den Brauen, gern, antwortete sie. Der Mann drehte sich um und Luisa dachte, bei der Kommunion habe ich das letzte Mal eine Uniform getragen.

Frank schaute geradeaus, hallo, rief Luisa und streckte die Finger. Frank verlangsamte seinen Schritt, seine Krawatte hing etwas schief, was machst du hier, fragte er. Das klingt nicht nach einer Frage, antwortete Luisa, ich warte auf dich, und sie legte die Zeitschrift auf den Stapel zurück. Du bist verrückt, sagte Frank. Ich möchte dir etwas zeigen, antwortete Luisa, wickelte den Hals aus dem Schal und knöpfte den Mantel auf. Sie hob die beiden Mantelflügel, wie findest du mich, und Luisa fühlte die Luft der Eingangshalle im Kleid, es ist wie für mich gemacht. Zieh das sofort aus, und Franks Stimme zischte in die leere Halle. Luisa drehte sich um, hob die Haare, kannst du mir helfen, der Reissverschluss klemmt ein bisschen, sagte sie und fühlte Franks Atem im Nacken, vollkommen verrückt bist du. Und Luisa sagte langsam, wen willst du erschießen? Frank packte Luisa an den Schultern, die Halle drehte sich, was willst du eigentlich, schrie Frank, der Portier bewegte sich auf sie zu, das Abendkleid verrutschte und Luisa fielen die Worte aus dem Mund, deine Hand ist wie ein Geheimnis. Frank. Das war das letzte Mal.

Steig ein, sagte Frank, ich bring dich nach Hause. Auf dem Parkplatz war niemand zu sehen. Luisa rührte sich nicht, sie blickte über das Autodach zu Frank, jetzt hat er etwas von einem verwundeten Tier, dachte Luisa, wo willst du mich hinbringen, fragte sie und die Luft drehte sich, während sie sprach. Der Portier stand reglos hinter dem Glas und schaute herüber. Es schneite immer noch. Ich bring dich, wohin du willst, und Frank fingerte nach einer Zigarette. Luisa dachte an Frau Sunder, kennst du Valérie, Luisa wischte mit dem Mantelärmel den Schnee vom Dach und schielte zu ihm hinüber. Steig ein, rief Frank und in seinem Blick hatte sich etwas entzündet. Deine Haare werden nass, sagte Luisa, zog ihre Handschuhe aus und kratzte mit den Fingernägeln das Eis von der Scheibe. Frank packte Luisas Hand, was hast du vor, und Frank keuchte, wie wenn er gerannt wäre. Ich will dich erschießen, sagte Luisa und fixierte ihn, seinen toten Punkt zwischen den Augenbrauen, mit deiner Waffe. Franks Kiefer fiel nach unten, sein Duft hing in den Flocken.

Luisa saß auf dem Beifahrersitz und Frank drehte das Radio an. Du hast mich bestohlen, sagte er. Ja, und Luisa dachte daran, wie Frank schlief. Du hast einen tiefen Schlaf, sagte Luisa und zupfte an Franks Talisman. Wieviel, fragte er. Keine Ahnung, antwortete Luisa. Frank fuhr in die falsche Richtung. Machst du das öfters, fragte Frank und klopfte mit den Fingern aufs Steuerrad. Irgendwo spielten sie ein leichtes Lied, Weihnachtssterne klebten an den Fenstern. Was war mit Valérie, fragte Luisa und fühlte sich leichter als ein Papierschnipsel. Frank fuhr mit der rechten Hand durch seine Haare, ich kenne deine Valérie nicht, er steckte sich eine Zigarette an und fuhr stadtauswärts. Valérie kennt dich, sagte Luisa, sie hat mir alles über dich erzählt. Was willst du, fragte Frank. Das weißt du ja schon, antwortete Luisa. Sonst noch was, und Frank kippte den Kopf zur Seite. Luisa zückte die Fotos und legte sie nacheinander auf Franks Schenkel, wo ist deine Frau, fragte sie. Frank schielte auf die Fotos, sie fielen runter, zum Gaspedal, und Franks Gesicht verfärbte sich im

Gegenlicht. Er blies den Rauch gegen die Scheibe und der Rauch wirbelte um den Talisman, was braut sich in deinem wirren Kopf zusammen, Luisa fragte, was hast du gesagt, ich habe nichts verstanden, und sie drehte das Radio lauter. Die rechte Hand versank langsam in der Manteltasche und umfasste den kalten Griff. Das Herz klopfte normal, die Füße waren warm. Frank drückte aufs Gas, der Talisman schlug gegen die Scheibe. Luisa zählte in sich hinein. Von eins bis zwanzig und wieder rückwärts.

Frank bremste knapp vor dem Garagentor. Er stellte den Motor ab, die Flocken fielen gleichmäßig auf die Frontscheibe, Franks Hände warteten auf dem Steuerrad. Du bist mir noch ein paar Antworten schuldig, oder hat es dir die Sprache verschlagen? Halt den Mund, sagte Frank lautlos und blickte geradeaus, ich habe dir nichts zu sagen. Luisas Hand tauchte langsam wieder auf, hast du was von deiner Frau gehört, fragte Luisa. Frank trug den Ring an der linken Hand, im Profil zeigte sein Gesicht immer eine Blöße, du bist schön, sagte Luisa. Frank löste seine Hände vom Steuerrad und drehte seinen Kopf, Luisa richtete die Waffe auf ihn.

Was ist eigentlich mit dir los, fragte Frank, seine Augen waren matt. Nichts Besonderes, sagte Luisa und hielt die Waffe mit beiden Händen, die ist bestimmt nicht echt, oder? Ich werde dich verklagen, Frank sprach langsam und leise, seine Nasenflügel weiteten sich. Du hast recht, antwortete Luisa, das solltest du wirklich tun, sie richtete die Waffe zwischen Franks Augenbrauen. Der Lauf war ungefähr eine Armlänge von seinem Kopf entfernt. Du willst mich erschießen, warum denn? Steig aus und vergiss die Fotos nicht, sagte Luisa ruhig. Die Füße waren warm. Das Herz klopfte wie immer.

Frank hatte den Krawattenknopf gelöst, er saß auf dem Bett und rauchte. Luisa stand mit dem Rücken zum Fenster, sie zielte auf Franks Krawatte, leg die Fotos wieder unters Bett. Wie bitte, fragte Frank und blies den Rauch durch die Nase. Unters Bett, mach schon, Luisa fühlte ihre Stirn im kalten Zimmer. Frank ließ die Zigarette auf den Teppich fallen und zerdrückte sie mit der Schuhspitze, gib schon her, Frank winkte mit seiner Hand, das Ding ist nichts für dich. Luisa wich einen Schritt zurück, du hast Angst, sagte Luisa, ihre Stimme knallte in die Ecke des Zimmers, so kenn ich dich gar nicht, mach schon! Frank zog seine Hand zurück, sein Gesicht fiel aus der Fassung. Du weißt ja, wie du die Bilder anordnen musst, sagte Luisa, ihr Arm streckte sich wie von allein. Frank hob seine Hosenbeine an, kniete nieder und kroch unters Bett. Wer sucht, der findet, schlug es gegen Luisas Kopf, sie zielte auf seine Füße, warum passen mir die Kleider deiner Frau? Reiner Zufall, sagte Frank, ich habe dich ja nicht nach deinen Maßen gefragt, als wir uns kennengelernt haben. Und Frank lachte unter dem Bett hervor, Luisas Arm wurde kälter, wenn der Arm abgestorben ist, drücke ich ab, dachte sie, einmal, ein paarmal. Luisa kniete nieder, Frank ordnete die Bilder so an, wie sie gewesen waren. Wen wolltest du erschießen, mich oder deine Frau? Hast du noch nie was von Einbrechern gehört, Dieben, Mördern? Die Waffe ist für den

Notfall gedacht, im Übrigen schieße ich nicht auf Frauen. Franks Satz hallte in Luisas Ohren nach, und auf Valérie, würdest du auf sie schießen? Frank drehte sich auf den Rücken, seine Hosenbeine waren hochgerutscht, die Socken freigelegt. Valérie ist eine Ausnahme, sagte Frank langsam und steckte seinen Kopf unter dem Bett hervor. Luisa fühlte die kalte Luft im Nacken, den Teppich unter den Knien. Ist das deine Art abzurechnen, und Luisas Stimme zog sich wie eine Linie durchs Zimmer. Du und ich, wir sind uns zufällig begegnet, sagte Frank und erhob sich langsam, er sah plötzlich frei und leicht aus, komm, gib mir die Waffe. Luisas Arm streckte sich weiter nach vorn, der Arm hatte nichts Lebendiges mehr, die Augen zogen sich zu einem Punkt zusammen. Nach dem Tod wartet das ewige Leben, sagte sie. Luisa stand auf, Frank kam auf sie zu, die Arme hingen neben ihm, die Krawatte halbierte seinen Oberkörper, ich bin nicht religiös, flüsterte Frank, sei doch vernünftig, seine Hand streckte sich, sie berührte fast den Lauf. Luisas Finger war abgestorben.

VI

Ein Polizist hämmerte auf die Tasten der Schreibmaschine, der andere saß Luisa gegenüber und hinter ihr stand die Mutter. An einer Wand hing ein Kalender, Hunde aus aller Welt. Der Polizist beugte sich vor, faltete die Hände, wir wollen Schritt für Schritt alles durchgehen. Luisa hörte das Tippen in ihrem Kopf, schön der Reihe nach, sagte der Polizist und schnappte nach Luft.

Wann seid ihr zum See runter?

Wer war alles dabei?

Wieso habt ihr Feuer gemacht?

Der Polizist wischte sich mit einem karierten Taschentuch die Stirn. Sein Hals rollte sich über den Kragen und Luisa wiederholte, was sie in den letzten Tagen allen anderen erzählt hatte.

Du weißt doch, dass es mit Ben nicht gut steht? Ja, murmelte Luisa. Na also, sagte der Polizist. Er lehnte sich zurück und schob seine Brille hoch, sein Stuhl wippte mit ihm. Wenn du irgendwas verheimlichst, hilfst du niemandem, sagte der Polizist. Ich habe alles gesagt, und Luisa blickte auf ihre Schuhe. Ich glaube, du bist ein ehrliches Mädchen, die Stimme des Polizisten schlich sich in Luisas Ohr, die Mutter schluchzte hinter ihr. Luisa kreuzte die Finger und dachte an Marlene, Marlene ist meine beste Freundin, sagte Luisa. Marlene ist froh, wenn du die Wahrheit sagst, und der Polizist tippte mit einem Bleistift auf den Schreibtisch.

Also, wie viele Tabletten hast du geschluckt? Was für Tabletten, flüsterte Luisa. Der Polizist beugte sich vor, räusperte sich und sagte, Marlene hat uns alles erzählt. Luisa schaute wieder auf, der Polizist blickte sich die Augen aus dem Kopf und Luisa wusste, dass er log. Und dann war es einfach zu lügen, erzählte Luisa Marlene später. Das wird Folgen haben, sagte der Polizist und gab seine Visitenkarte Luisas Mutter, sie soll mich anrufen, wenn ihr wieder was einfällt.

Ziegler. Luisa möchte dich treffen. Die Stille ist überall. Die Mutter hat geschwollene Augen. Klara schleicht sich ins Zimmer und will unbedingt wissen, was passiert ist. Manchmal bringt sie sogar Süßigkeiten oder Kaugummis mit. Luisa hat einen Monat Hausarrest. Nach der Schule trifft sie sich mit Marlene, obwohl es ihr verboten wurde. Vielleicht kannst du nachts am Fenster klopfen und sie entführen.

Die ganze Familie saß am Tisch. Niemand sprach ein Wort. Luisa dachte, jetzt geschieht etwas. Die Mutter platzierte Karotten, Kartoffelstock und Braten auf die Teller. Mit dem Schöpflöffel klopfte sie auf den Tellerrand. Es geschah nichts.

Später öffnete Luisas Vater die Zimmertür. Luisa drückte sich in die hinterste Ecke, sie hielt die Arme vors Gesicht und zählte leise in sich hinein. Als sie die Augen wieder öffnete, war der Vater geschrumpft, er kniete vor ihr und ließ den Kopf hängen. Luisa blickte auf seine Glatze und verstand die Welt nicht mehr. Sie setzte sich auf die Bettkante, schielte am Vater vorbei und wartete. Er faltete die Hände, schaute auf und stammelte, du bist doch meine Tochter, warum tust du mir das an? Seine Augen erkannte Luisa nicht wieder, das Wasser lief ihm über die Wangen bis in die Mundwinkel. Luisa hätte es nicht geglaubt, wenn sie es nicht mit eigenen Augen gesehen hätte. Der Vater weinte.

Es war so, wie wenn die Nacht sich in den Tag hineinfrisst.

Es war so, wie wenn die Seele sich in einen Stein verwandelt.

Es war so, wie wenn der Kopf zu den Füßen fällt.

Luisa ordnete die Farbstifte der Größe nach auf einem weißen Blatt. Sie kippte sie bis zur Spitze und zog Linien übers Papier. Die verschiedenfarbigen Strahlen sahen sehr schön aus. Dann schrieb Luisa mit dem grünen Stift und in winziger Schrift auf die gezogenen Linien.

Der Nachttisch von Bens Vater war randvoll mit Tabletten. Ben musste nur die Schublade aufmachen und reinlangen. So einfach ist das, und Ben legte im Bahnhofsklo die Tabletten auf seiner Handfläche aus. Ich schnapp mir immer die farbigsten, sagte er. Wir waren uns einig, dass wir noch nie so knallige Farben gesehen hatten.

Herrn Zambonis Hund lag an der sonnigsten Stelle im Schaufenster. Luisa drückte ihre Nase gegen die Scheibe und beobachtete, wie Herrn Zambonis Hände kreisten. Luisa klopfte, der Hund fing an zu bellen. Herr Zamboni blickte über seine Schulter, drehte dann seinen Kopf und winkte. Mit schaumigen Fingern öffnete er die Tür, der Schaum tropfte auf den Boden, ich freue mich, dass du wieder da bist. Herr Zamboni hatte Luisa einen Brief geschrieben. Das Foto hängt schief, Luisa nickte zum Schaufenster und Herr Zamboni lachte hell auf, komm doch rein.

Herrn Zambonis Hund zupfte an Luisas Hosenbein, sein Fell war angenehm warm. Schau dir die Ohren an, sind sie nicht größer als Kohlblätter, und Herr Zamboni zwinkerte in den Spiegel. Der Hund bellte und er tat es immer, wenn Herr Zamboni das mit den Ohren sagte. Luisa schaute sich um. Es hatte sich nichts verändert, nur Herr Zamboni hatte eine neue Frisur. Haben Sie sich die Haare selbst geschnitten, fragte Luisa und er antwortete, nein, ein Freund hat mich frisiert, und Herr Zamboni posierte vor dem Spiegel. Gefällt es dir? Ja. Sie sehen aus wie ein Tänzer.

Luisa setzte sich in die Küche und wartete. Sie trank Tee und beobachtete, wie Herr Zamboni die Haare seiner Kundin schnitt. Seine Finger bewegten sich schnell, während er sich mit der Frau unterhielt. Auf dem Regal in der Küche standen die Shampoos und Haarfestiger. Im untersten Fach lagen die blauen Frottiertücher. Auf dem Boden unter den Frottiertüchern stapelten sich die alten Zeitschriften. Luisa aß ein Stück Kuchen und drehte am Radio.

So, sagte Herr Zamboni und setzte sich an die lange Kante des Küchentisches. Er schenkte sich eine Tasse Tee ein und erzählte eine seltsame Geschichte über einen König, der sich seine roten Haare ausgerissen hatte. Und Herr Zamboni zeigte Luisa sein neuestes Buch. So wie andere Leute Kochbücher haben, habe ich Bücher über Haare.

Ich möchte mit Ihnen reden, sagte Luisa. Herr Zamboni klappte sein Buch zu, einen Moment lang war es still. Dann erzählte Luisa zum ersten Mal.

Die Eltern hatten eine größere Wohnung in der Nähe des Bahnhofs gefunden. Die höhere Schule begann und Luisa lernte eine neue Sprache, Französisch. Das Schulhaus sah aus wie ein geschmackloser Fleischkäse ohne Kruste, niemand rannte auf dem Pausenplatz und niemand spielte Himmel und Hölle. Die meisten lehnten an der Wand oder hockten im Schneidersitz auf dem Boden. Einige spuckten aus und es schäumte.

Luisa hatte drei Lehrer und einer war wie der andere, nur der dritte nicht. Herr Mulic hatte Augen, die man nicht vergessen konnte, und geschwungene Lippen. Manchmal schloss er die Augen, legte die Hände aufs Pult und Luisa dachte, er sieht aus wie ein Rockstar. Sein Brusthaar krauste sich bis zum Hals. Die Klasse sagte, Herr Mulic ist ein Freak. Luisa hatte das Wort noch nie gehört und fragte Marlene, sie antwortete, ein selbstgestrickter Pullover mit Wollsocken und Sandalen. Herr Mulic hielt sich oft die Hand vor den Mund und kicherte wie ein Mädchen. Von Anfang an wusste Luisa, dass Herr Mulic mehr als okay war.

Marlene und Luisa wollten Steine übers Wasser hüpfen lassen. Sie standen am Seeufer, da stieß Marlene Luisa in die Seite und zeigte mit den Augen zum Spielplatz hinüber. Ziegler wippte auf dem hölzernen Schaukelpferd, seine Ratte drehte sich auf seiner Schulter. Alle machten einen Bogen um Ziegler. Er trug zerschlissene Lederhosen, seine Haare waren zerzaust und leuchteten rot. Wenn Ziegler spuckte, pfiff es laut und scharf. Eine Sicherheitsnadel hing an seinem Ohr, der hat sie nicht alle, sagte Marlene. Luisa zuckte mit den Achseln, vielleicht will er so sein wie eine Kastanie, und Luisa erzählte, im Rücken von Zieglers Jacke steckten kleine Nadeln. Das kannst du deiner Schwester erzählen, antwortete Marlene und warf einen Stein ins Wasser, es plumpste schwer.

Ziegler brüllte im Fernsehen, Luisas Atem stockte. Ein dunkles Tuch verhüllte ihn vom Hals bis zur Nase, aber Luisa erkannte ihn sofort. Ziegler war der Anführer einer Gruppe, sie fluchten alle durcheinander, als die Polizei mit Wasser auf sie zielte. Es war von Krawallen die Rede. Die einen sagen Krawalle, die anderen Demonstrationen, hatte Herr Mulic erklärt. Über Ziegler gab es jede Menge Gerüchte und Luisa hatte gehört, dass Zieglers Familie stinkreich sei und Zieglers Vater ihn schon längst rausgeschmissen hätte, wenn seine Mutter nicht gewesen wäre. Und in dieser Nacht beschloss Luisa, Ziegler zu lieben. Sie drückte zwei Finger auf die Augen und murmelte, Luisa liebt dich und fürchtet dich.

Sie war so aufgeregt, dass sie mitten in der Nacht aufwachte, weil sie im Bett saß und laut vor sich hin brüllte. Die Mutter steckte den Kopf zur Tür herein, Kind, du hast bestimmt zu wenig gegessen, und brachte ihr ein belegtes Brot.

Marlene knipste das Licht an und Luisa erschrak. Im Schlafzimmer von Marlenes Eltern hing ein Foto von Marlenes Mutter. Sie trug ein rotes Höschen, oben war sie nackt und das Foto war größer als die meisten Poster, warum hängt das hier, fragte Luisa.

Weil Laura wie ein Mannequin aussieht, und Luisa fand, dass es stimmte. Aber wieso sagst du Laura, fragte Luisa. Weil sie die Freundin meines Vaters ist, und Marlene schubste Luisa aufs Bett. Wo ist deine Mutter, fragte Luisa. Abgehauen, mit einem anderen, und Marlene ließ sich aufs Bett fallen und sie schauten sich das Bild vom Bett aus an.

Die Freundin von Marlenes Vater lag seitlich, das eine Knie über dem anderen, und stützte eine Hand elegant in die Hüfte. Ihre Augen und ihre Haare sahen fröhlich aus. Luisa fragte, hängt das Foto auch, wenn dein Vater schläft, und Marlene antwortete, Luisa, du bist ein bisschen naiv, das macht dich charmant. Marlene lackierte ihre Nägel und war mindestens ein Jahr älter, warum sagen alle, du bist ein Flittchen, und Luisa strich sich die Haare hinter die Ohren. Du lügst, Marlene lachte und zeigte ihre Zähne, du bist eifersüchtig, weil alle hinter mir her sind. Aber wenn du brav bist, zeig ich dir was, und Marlene zog ihre Fingernägel über Luisas Hals. Willst du brav sein?

Herr Mulic verdunkelte das Zimmer und sagte, heute sprechen wir über Sexualität. Luisa fühlte, dass ihre Hände kalt wurden und die einen knisterten mit Papier, die anderen suchten ein Buch in der Schublade. Herr Mulic zeigte ein Dia mit einem nackten Mann, alle lachten heftiger als sonst. Herr Mulic fuhr mit einem Stab über den Mann und sagte Wörter, die Luisa sofort wieder vergaß. Sie hatte noch nie einen erwachsenen Mann nackt gesehen, Luisa zupfte an ihrem Ärmel und schaute fast nicht hin, er steht so steif da, wie ein Holzstück, und etwas anderes fiel Luisa dazu nicht ein.

Dann zeigte Herr Mulic auf eine nackte Frau und sagte, Frauen sind anders als Männer und trotzdem ähneln sie sich, Herr Mulic lachte wieder wie ein Mädchen und Luisa musste tagelang daran denken. Im Sommer brachte Herr Mulic seine Freundin auf die Klassenreise mit. Im Zug küssten sie sich, Luisa hatte es mit eigenen Augen gesehen.

Zu Hause rollte Luisa den gehäkelten Topflappen zusammen, stopfte ihn in die Unterhose, setzte sich auf den Stuhl und kreuzte die Beine. Männer fühlen immer etwas zwischen den Beinen, und Luisa ging im Zimmer hin und her, sie fühlte, wie der Lappen am Schenkel kitzelte. Dann stellte sich Luisa vor den Spiegelschrank im Badezimmer und lüftete das Unterhemd, schaute auf die hellblauen Wandfliesen und zurück in den Spiegel. Marlene sagte, man muss was tun, um speziell zu sein. Mach was aus deinen Augen! Luisa öffnete den rechten und den linken Flügel, sie sah sich von überall. Sie schnitt Grimassen, rollte die Augen, bis ihr schwindlig wurde. Weiß wie Schnee, dachte Luisa und wusste nicht genau, wie man speziell sein kann.

Nach der Schule traf man sich beim Brunnen am Bahnhof. Ben und Toni rauchten und saßen auf ihren Motorrädern. Die anderen standen da, mit den Händen in den Hosentaschen. Marlene und Luisa hatten sich im Bahnhofsklo geschminkt, alle glotzten und einer spuckte aus, na, ihr süßen Farbtöpfe? Marlene lachte und rief, mit dir red ich schon gar nicht, du bist sowieso unterentwickelt, und alle grölten. Luisa hätte sich am liebsten die Schminke, die Augen, den Mund und alles weggewaschen.

Die Regentropfen fielen aufs Wasser und verwandelten sich in Ringe. Luisa stand am See. Es war sehr schön. Luisa streute Kieselsteine ins Wasser, hielt den Atem an, zählte auf zehn und drehte den Kopf zum Spielplatz. Ziegler, wo bist du, flüsterte Luisa leise. Wartest du auf mich, fragte Marlene und trug eine modische Jacke. Luisa antwortete nicht. Du bist ein Stockfisch. Komm mit.

Marlene führte Luisa zur Holzhütte am See, die Kleinen erzählten, dass es dort spuke. Die Wände waren mit Namen und Zeichnungen vollgekritzelt, du wirst noch dein blaues Wunder erleben, sagte Marlene und kroch unter die Bank in der dunkelsten Ecke. Schau's dir an, flüsterte Marlene, Luisa sah auf ihre weiße Hose und rührte sich nicht. Du hast wohl Angst, und Luisa dachte, vielleicht hat sich Ziegler auch schon dahin gelegt. Sie kniete nieder, rutschte auf dem Rücken unter die Bank. Marlene reichte ihr die Taschenlampe. Bevor Luisa sie anknipste, fühlte sie Marlenes Fuß zwischen ihren Beinen.

Auf der Unterseite der Bank klebten Bilder von nackten Frauen. Bei einer Rothaarigen steckte der Zeigfinger im Mund. Drei oder vier hielten den Kopf geneigt und blickten mit halboffenen Augen über die Schulter. Eine Blonde mit roten Lippen lag neben einem Hund und hatte vergessen, die Schuhe auszuziehen. Alle machten den Eindruck, als ob sie Luisa anlächeln würden, eine war schöner als die andere. Neben den Bildern standen Namen und Sprüche in schiefen Buchstaben. An den Rändern der Bank wuchs Moos. Luisa war fast sicher, dass der Vater und die Mutter sie beobachten konnten. Marlene bewegte ihren Fuß und flüsterte, ich möchte ein Fotomodell werden.

Herr Mulic wurde später entlassen. Luisa hatte seit einigen Wochen keinen Unterricht mehr bei ihm und überall im Dorf war Herr Mulic das Thema. Luisa stand am Kiosk neben der Bäckerei und einige Leute verzogen die Münder und sagten, der hatte Flausen im Kopf wie ein Kind, und Luisa dachte daran, dass Herr Mulic einen Teppich gekauft und Vorhänge genäht hatte. Damit es schöner ist bei uns, sagte er und es war erlaubt, im Schulzimmer die Schuhe auszuziehen. Hätte es Herrn Mulic nicht gegeben, hätten die anderen die Köpfe nicht zusammengesteckt. Luisa begriff nun, was ein Lauffeuer ist und dass es lange brennt. Schade, sagte Marlene, unser schöner Engel.

Marlene wollte einen Hund. Haustiere sind bei uns nicht erlaubt, sagte ihr Vater und saß mit der Unterhose am Esstisch. Na und, antwortete Marlene und schlug die Beine übereinander. Marlenes Vater wischte sich den Mund und kaute noch, als er sagte, wenn du vierzehn bist, kriegst du was anderes. Was denn, fragte Marlene und machte große Augen, sag schon, und sie hängte sich an seinen Hals, Luisa konnte es nicht glauben. Das wirst du früh genug sehen, und Marlenes Vater tätschelte Marlenes Hand, mein großer Liebling, sagte er und Luisa fand es peinlich.

Im Schlafzimmer schauten sie zu dritt fern. Marlene lag in der Mitte und die Freundin von Marlenes Vater hing über ihnen. Ich bin noch kurz weg, sagte Marlenes Vater und zog sich an. Luisa schielte zu ihm hinüber. Marlene fragte, wohin gehst du? Arbeiten, antwortete er und steckte sich beim Anziehen eine Zigarette an. Marlene setzte sich auf und küsste ihren Vater zum Abschied ins Gesicht. Luisa dachte, vielleicht küsst Marlene ihren Vater, weil ihre Mutter abgehauen ist. Luisa hätte es gern gewusst.

Die Freundin von Herrn Mulic kam mit auf die Klassenreise. Ihre Haare glänzten in der Sonne, sie hatte Sommersprossen und einen langen Hals. Luisa ging immer in ihrer Nähe, um zu wissen, wie sich eine schöne Frau bewegt und wie sie riecht. Herr Mulic legte die Arme um sie, sie legte ihre Arme um ihn. Es sah ganz normal aus. Sie flüsterten sich etwas ins Ohr und zeigten die Zähne beim Lachen.

In einem Bergsee durfte man baden. Die Freundin von Herrn Mulic zog ihr Leibchen aus, schwamm auf dem Bauch und auf dem Rücken, mit geschlossenen Augen. Luisa saß am Seeufer und konnte an nichts anderes mehr denken als an ein Wort, das sie gelernt hatte. Merveilleux. Alle tuschelten und kicherten, für Luisa war die Freundin von Herrn Mulic wie ein Geschenk, und wenn man es auspackte, war es noch schöner. Es muss unbedingt etwas geschehen, dachte Luisa.

Ziegler. Luisa mag deine Ratte. Da bin ich ganz sicher. Ihr könntet euch am See treffen oder bei der Brücke im Wald. Ich möchte gern wissen, wie du über sie denkst. Mit der Zunge hat sie schon oft geküsst. Sie weiß, dass du einen geheimen Auftrag hast, sonst hättet ihr euch schon längst getroffen. Aber sie wartet.

Herr Mulic zeichnete größere und kleinere Punkte auf die Wandtafel. Dörfer, Hauptorte, Städte, die Hauptstadt. Herr Mulic war Linkshänder und es schmierte nicht, als er mit der Kreide Linien zog, um die Verkehrsverbindungen einzuzeichnen. Züge, Autobahnen, Schiffe und Bergbahnen. Die Klasse malte die Karte gemeinsam auf ein riesiges Packpapier und Luisa fand, dass die Bodenschätze auf dem braunen Papier am schönsten aussahen.

Nach der Schule wandere ich aus, nach Amerika, sagte Toni und spielte mit seiner Kette. Luisa fragte, kennst du jemanden in Amerika? Nein, antwortete Toni, warum sollte ich, dort drüben ist immer was los, sagte er, darum geht's. Amerika war weit weg und die Zeit verschoben. Luisa versuchte sich vorzustellen, wie man in eine andere Zeit hineinfliegt.

Frau Ziegler trug einen Pelzmantel im Hochsommer. Beim Einkaufen drehten sich alle nach ihr um und Marlene fand Zieglers Mutter extravagant. Wenn du so viel Kohle hast, kannst du dir alles erlauben, sagte Marlene und kaute mit offenem Mund. Ist sie nicht chic, und Marlene schaute nach hinten, über ihre Schulter und Luisa machte es genauso, ja, antwortete Luisa. Und sie fragte sich, ob Zieglers Mutter unter dem Pelzmantel Unterwäsche mit Spitzen trug.

Marlene wisperte, der schwarzhaarige Verkäufer ist ihr Liebhaber, Marlene nickte zum gegenüberliegenden Geschäft und zeigte mit einem Pfiff, wie heiß die Sache ist. Woher weißt du's, Marlene wusste immer mehr als alle anderen. Von meinem Vater, von wem denn sonst, antwortete Marlene. Marlenes Vater fuhr Taxi. Erzähl mehr, Luisa zupfte an ihrem Kleid und Marlene presste die Lippen zusammen, was krieg ich dafür? Was du willst.

Ich habe keinen Hunger, sagte Klara und legte den

Löffel neben den Teller. Sie schaute abwechselnd zum Vater und zur Mutter. Ihre Suppe war unberührt. Der Vater löffelte weiter und die Mutter auch, Luisa blickte zu Klara. Der Vater richtete sich auf, lange vor dem Krieg aßen wir jeden Tag Hirsebrot und einmal in der Woche weißen Speck. Luisa versuchte sich vorzustellen, jeden Tag Hirsebrot und manchmal weißen Speck zu essen, sie wünschte sich, dass es wieder so wäre wie früher, ihr habt keine Ahnung, sagte der Vater und wischte über den Tisch. Und Luisa fühlte, dass die richtige Welt des Vaters unerreichbar blieb, auch wenn der Vater am gleichen Tisch saß.

Ziegler. Alle sagen, du bist durchgeknallt. Das ist eine Lüge.

Luisa lag ausgestreckt auf dem Rücken unter der Decke und leuchtete mit der Taschenlampe auf das Kommunionsfoto. Sie suchte in ihrem Gesicht eine Flamme, aber da war nichts. Sie trug eine Kutte mit einer weißen Kordel, die Frisur ragte fast über das Foto hinaus. Wenn ich nicht jetzt damit beginne, werde ich nie schön und interessant, dachte Luisa und knipste die Lampe an.

Sie schlüpfte aus dem Bett und schlich in Klaras Zimmer. Klara, flüsterte Luisa. Was ist, fragte Klara. Ich kann nicht schlafen, ich komm zu dir ins Bett, und Luisa verkrallte ihre Zehen im Teppich. Ich will nicht, sagte Klara, geh weg.

Mit den Händen auf den Bikinioberteilen sprangen Luisa und Marlene ins Wasser. Marlenes Auge rutschte nach rechts, weil sie ihre Brille nicht trug. Wie siehst du mich ohne Brille, fragte Luisa und bewunderte Marlenes Bauchnabel. Ich sehe dich ganz normal und du hast wahnsinnige Augen. Luisas Rücken wurde heiß und ihr Kopf rot, was ist los, fragte Marlene, ich sag ja nur, an dir ist was dran. Das war neu und Luisa fühlte, wie der nasse Bikini an ihr klebte.

Unter Wasser küsste Marlene Luisa auf den Mund, Luisa blieb einen Moment lang reglos und dachte an zu Hause, bevor sie ihre Zunge in Marlenes Mund legte und sie so lange da ließ, bis sie beide nach Luft schnappten.

Beim nächsten Mal berührten sie sich fast überall, es war ein ähnliches Gefühl wie mit Ziegler und Marlenes Hals glich dem von Herrn Mulics Freundin. Luisa küsste Marlenes Hals, und als sie ihre Köpfe aus dem Wasser streckten, sagte Marlene, jetzt sind wir eingeweiht. Wie meinst du das, fragte Luisa und wickelte sich ins Badetuch. Marlene blickte feierlich ins Wasser, wir sind beste Freundinnen.

Rechnen hatte Luisa mit farbigen Stäbchen gelernt. Das war nicht mehr wichtig, weil sie jetzt Mathematik lernte, und die hieß Mengenlehre. Später nannte man das Rechnen Algebra und Luisa kapierte die Mengenlehre nicht. Wie würde sie dann Algebra verstehen können. Irgendwann wirst du's schon begreifen, sagte Herr Mulic und erzählte, er habe bis neun nicht lesen können. Heute würde Luisa sagen, ich war wie vom Schlag getroffen, weil mir Herr Mulic eine Veränderung zutraute. Damals schaute Luisa auf ihre Schuhspitzen und ging aus dem Klassenzimmer, ohne sich zu verabschieden. Die besten Zeugnisse durfte Luisa dem Vater hinlegen, er unterschrieb mit dem silbernen Kugelschreiber.

Wie viele Hugenotten sind ein Krieg, hatte jemand gefragt. Wie viele Hugenotten sind im Krieg gefallen, antwortete Herr Mulic und sprach das Wort sehr schön aus. Luisa meldete sich und fragte, was haben die Hugenotten gegessen? Weißbrot mit Schnecken, rief einer. Die Klasse lachte und Luisas Nacken wurde heiß. Herr Mulic fuhr sich durch die Haare, wenn ihr schon lacht, wisst ihr, was die Hugenotten gegessen haben, und Herr Mulic fragte alle einzeln, die Stunde wurde lustig, seht ihr, es gibt keine blöden Fragen, sagte Herr Mulic und Luisas Nacken wurde noch heißer.

Nach der Schule traf man sich manchmal beim Brunnen am Bahnhof. Ben und Toni rauchten und saßen auf ihren Motorrädern. Die anderen standen da, mit den Händen in den Hosentaschen. Ben war der Sohn eines Fabrikbesitzers und ging mit Marlene in die Klasse. Von seiner Mutter weiß man nichts, flüsterte Marlene Luisa ins Ohr, als sie zu den Jungs hinüberschlenderten. Und, rief Marlene. Ben und Toni bliesen den Rauch durch die Nase und nickten uns zu.

Ziegler. Luisa bewundert dich. Du bist einzigartig und sie würde zu gern wissen, wo du dich mit deinen Freunden triffst. Gestern hat Luisa den Lehrer Mulic in der Pause gefragt, ob sie bei den Demonstrationen auch dabeisein könne. Da hat er geschmunzelt und geantwortet, du bist noch zu jung, es sei nicht ungefährlich. Wo die Demonstrationen stattfinden, konnte sie ihn nicht fragen. Luisa würde wahnsinnig gern morgen bei dir klingeln und dich fragen. Aber Marlene sagt, du wohnst nicht mehr zu Hause. Vielleicht siehst du vor dem Einschlafen auch immer einen Stein. Hoffentlich kommst du bald wieder zum See.

Die Eltern hatten Bekannte eingeladen, der Tisch war mit Lachsbrötchen gedeckt. Die Frau brachte Gladiolen mit, vergaß sie auf der Schuhkommode und torkelte ins Wohnzimmer. Es ist herrlich bei euch, so normal, sagte sie und zog ihre Schuhe aus. Ihr Mann schaute immer zu Boden. Nach einer Stunde verabschiedete er sich. Weil er noch arbeiten muss, seufzte seine Frau und erzählte von ihrem Leben, ihre Stimme wackelte hin und her, die Eltern saßen kerzengerade auf dem Sofa und hörten zu. Sie kippte die Gläser in sich hinein, wie wenn sie eine Wüste hätte bewässern müssen, sagte der Vater, nachdem er die Frau nach Hause gefahren und die Gläser abgewaschen hatte.

Es war so, wie wenn das Glück zu Besuch gewesen wäre, und die Eltern sagten, die Reichen haben's auch nicht besser.

Ziegler saß mit ein paar Freunden auf dem Kiesplatz am Seeufer. Luisa verlangsamte ihre Schritte und zupfte an ihrer Hose, ich würde mich gern von oben sehen, dachte sie. Bei der Linde, die mit Zeichen und Namen vollgeritzt war, blieb Luisa stehen, sie konnte nicht wegschauen, he Kleine, was gaffst du so, rief der neben Ziegler. Ich warte auf jemanden. Und deshalb gaffst du uns an? Luisa schaute zu Boden. Komm zu uns, du kannst hier warten.

Luisa flimmerte es vor den Augen. Sie zog ihre Schuhe aus und ging langsam zum Kiesplatz hinüber. Bitte mach, dass meine Haare wippen. Ein paar Meter vor den anderen blieb Luisa stehen. Alle blickten zu ihr, Marlene, was soll ich tun? Der Kassettenrecorder spielte ein langsames Lied, kennt ihr Midnight Express, und Luisas Stimme hüpfte. Ziegler pfiff laut und scharf, genialer Film, sagte er, das ist was. Und Ziegler und seine Freunde fingen an, über den Film und die Musik zu reden, Luisa hatte das Stichwort geliefert. Luisa stand da und blickte auf Ziegler und zwischendurch auf die Kieselsteine. Ziegler hatte ein helles Gesicht und beim Reden zog er die Schultern ein bisschen hoch.

Luisa zählte auf drei, Ziegler, ich habe dich im Fernsehen gesehen. Ziegler hob den Kopf, das Wasser glitzerte in seinen Augen und er spielte mit seiner Ratte, als er sagte, du bist aber die einzige, die mich gesehen hat, behalt's für dich, und seine Freunde lachten, Luisa wusste nicht warum. Als es dunkel wurde, sagte Luisa, tschau, und lief davon. Ziegler rief ihr nach, he Kleine mit den schönen Haaren, wie heißt du? Luisa. Ziegler hatte sie wirklich gefragt. Luisa stellte sich vor den Spiegel und öffnete die Flügel und drehte den Kopf nach allen Seiten.

Luisa schlüpfte mit der Taschenlampe zu Marlene ins Bett. Sie leckte Marlenes Gesicht, ich bin erstaunt über unsere Frechheit, sagte Marlene und riss die Augen auf, ihr linkes Auge rutschte nach rechts. Wir sind sicher nicht schlechter als die anderen, und Luisa sagte es ein paarmal hintereinander und legte dann zwei rote Büstenhalter aufs Kissen. Woher hast du die, zischte Marlene und Luisa flüsterte ihr ins Ohr, ich habe sie für uns gestohlen. Wirklich, und Marlene zuckte mit dem Auge und es sah so aus, als könnte sie nicht mehr aufhören. Ich habe es genau geplant und dann war es ein Kinderspiel, Luisa setzte eine wichtige Miene auf. Ich bin stolz auf dich, erzähl schon, und Marlene platzte fast vor Neugier.

Luisa drehte ihren Kopf mit einem schnellen Ruck zum Fenster, ich will wissen, wie es wirklich ist und mit wem du's getan hast. Marlene tastete nach ihrer Brille, hüpfte vom Bett und biss sich auf die Lippen, das geht dich nichts an. Luisa stellte sich vor den Spiegel und spannte den Büstenhalter über ihr Nachthemd.

Das sieht schön blöd aus, du bist flach wie ein Brett, und Marlene hörte nicht mehr auf zu kichern. Und du bist eine Schlampe, du hast ja nicht mal eine Mutter, Luisa kniff in Marlenes Schenkel. Was sagst du da, rief Marlene und spitzte ihre Fingernägel in Luisas Waden.

Neben dem Spiegel lag ein Springseil, Luisa schlug mit dem Griff auf Marlenes Kopf, es traf zuerst Marlenes Brille und dann ihre Stirn. Marlene fing an zu weinen, das Blut tropfte dick auf den Teppich. Und dann konnte Luisa Marlene trösten. Sie tupfte mit einem Taschentuch auf die Wunde, bis es nicht mehr blutete, und Marlene sagte, weil ich meinen Vater anlügen muss, schuldest du mir einen Gefallen. Luisa und Marlene verkrochen sich im Bett, es war sicher schon nach Mitternacht.

Die Schulklassen trafen sich für das Sommerfest im Park, nicht weit vom See. Die Eltern waren auch eingeladen, hoffentlich kommt meiner solo, sagte Marlene und Luisa horchte auf. Marlenes Vater stolzierte mit seiner Freundin über die Wiese und alle schraubten ihre Köpfe aus dem Hals. Der Vater setzte sich mit seiner Freundin zwischen die Jungen, erzählte Geschichten und Witze und alle amüsierten sich außer Marlene. Luisa stieß sie in die Seite und fragte, was hast du? Marlene gab keine Antwort, sondern feilte ihre Nägel. Mein großer Liebling, rief ihr Vater über den Tisch und hob das Glas in ihre Richtung. Marlene schaute nicht auf, ich kenn deine Witze, flüsterte sie und nur Luisa konnte es hören. Marlene ist wirklich meine Freundin, dachte Luisa.

Herr Mulic hatte Musik organisiert. Luisa stand vor der Bühne, die Töne umhüllten sie wie ein schöner Zauber und überall roch es nach Lindenblüten. Herr Mulic tanzte mit seiner Freundin, ihre Köpfe berührten sich an der Stirn, es sah fast unwirklich aus, und Luisa fühlte, dass unbedingt etwas geschehen musste.

Die meisten Erwachsenen saßen zusammengesunken in den Festbänken oder wankten über die Wiese, als Luisa und Marlene sich davonstahlen, man wartet auf uns, sagte Marlene und hängte sich bei Luisa ein. Ben und Toni hatten hinter den Büschen am See ein Feuer gemacht. Der Mond glänzte zwischen den Bäumen und ein feiner Wind bewegte das Kleid. Marlene trug einen rosa Armreif aus Plastik, stützte ihre Hände in die Hüfte und ihre Stimme gluckste, als sie fragte, wann geht's los? Ben und Toni schwiegen, machten ernste Gesichter und legten ausgewählte Steine rund ums Feuer. Die trockenen Zweige knisterten, Luisa hatte keine Ahnung, worum es ging. Marlene hatte nichts erzählt.

Luisa hatte aufgepasst, als Ben am Tag vor den Ferien im Bahnhofsklo auf dem Klodeckel saß, an Marlenes Pullover rumfummelte, während Marlene ihn durch die Hose küsste. Luisa schaute einmal nach hinten und Ben sah aus wie eine Statue. Gehst du mit

Ben, fragte Luisa später, er ist mein kleiner Prinz, und Marlene sagte es sehr schön.

Toni trug eine Kette mit einer Münze um den Hals, die ist magisch, sagte Toni und umklammerte sie mit seiner Faust.

Ben, Toni, Marlene und Luisa standen ums Feuer. Die Flammen zuckten regelmäßig, da sagte Ben, macht die hohle Hand, und sie legten die eine in die andere Hand, wie in der Kirche. Ben blickte alle der Reihe nach an, schließt die Augen, sagte er feierlich, Luisa schloss die Augen.

Sie fühlte etwas in ihrer Hand und Ben sagte langsam und bestimmt, runterschlucken. Luisa wusste, dass die anderen es taten, ihr Bauch vibrierte. Sie sah den Pfarrer vor sich, wie er ihr das heilige Brot in die Hand legte und lächelte, hinter ihm hing Jesus am Kreuz. Augen öffnen, und Ben hielt Luisa eine Flasche hin, sie schluckte und reichte die Flasche weiter, sie wanderte mit den Augen von Marlene zu Ben zu Toni. Ein angenehmer Schwindel breitete sich aus, es war lange still.

Erst dann bemerkte Luisa, dass der Steinkreis ums Feuer Marlenes Armreif war. Und an den Büschen brannten Wunderkerzen. Toni summte, deine Augen sind Leuchttürme, und er drehte sich mit schiefem Kopf um sich selbst. Luisa fühlte etwas Warmes, so war es noch nie. Marlene, flüsterte Luisa. Marlene hängte ihre Arme um Bens Hals, er tat es genauso.

Das Feuer verwandelte sich in eine Geburtstagstorte und Luisa versuchte, die Kerzen auszublasen, da stand wie aus dem Nichts Ziegler neben ihr. Du bist gekommen, und Luisa taumelte. Ben hielt Ziegler die Flasche hin. Ziegler, du bist es wirklich. Zieglers Mund sah so weich aus wie ein Luftkissen. Um seine Lippen kreisten Feuerbällchen, wie schön seine Kehle schluckte.

Kleine mit den schönen Haaren, sagte Ziegler und ging rückwärts ins Wasser. Deine Schuhe, rief Luisa, Ziegler lachte und auf seiner Schulter drehte sich das kleine Karussell. Luisa bückte sich, zog ihre Schuhe aus. Farbkugeln schössen wie Pilze aus dem Boden, Luisa langte nach ihnen und fühlte das Glück in ihrer Hand. Als sie wieder aufschaute, war Ziegler verschwunden.

Ziegler. Wo bist du?

Luisa tauchte ihre Füße ins Wasser, sie erinnert sich, dass sie plötzlich Durst hatte. Sie legte sich auf den Bauch, öffnete den Mund und ließ das Wasser in den Mund laufen. Ich bin wie ein Tier, und Luisa hörte sich lachen, sie hielt zuerst das Gesicht ins Wasser, dann den ganzen Kopf. Sie tauchte, bis sie nach Luft schnappen musste. Das Wasser streichelte ihr Gesicht und ihren Nacken, es war unbeschreiblich schön. Eine Weile lag Luisa so da, die Sterne schaukelten im Wasser. Dann zog sie die Schuhe an und wollte nach Hause.

Weiter hinten, bei den Kastanienbäumen, sah sie Marlene und Ben. Sie hielten sich umklammert, sie sind fast gleich groß, dachte Luisa. Ein Mann schwankte dicht neben ihnen, sein Gesicht glänzte reglos im Mondlicht. Luisa zuckte zusammen, sie ging langsam in die Knie, sie fühlte den Wind am nassen Kleid. Der Mann torkelte auf Marlene und Ben zu, er fluchte unverständlich vor sich hin. Seine

Hemdsärmel waren hochgekrempelt und seine Hand fuchtelte, er war bewaffnet. Luisa erkannte den Mann, ich bin mir ganz sicher, dachte sie. Ich muss was tun. Das war lange Zeit das letzte, woran sie sich erinnern konnte.

Niemand rannte auf dem Pausenplatz, niemand spielte Himmel und Hölle. Die meisten lehnten an der Wand oder hockten im Schneidersitz auf dem Boden. Ein paar steckten die Köpfe zusammen und Luisa fühlte die Blicke im Rücken. Es war eine neue Stille. Marlene drückte Luisa einen Zettel in die Hand. Sprich mit niemandem. Wir treffen uns im Bahnhofsklo. Toni kommt auch.

Ben lag im Krankenhaus. Er war seit zwei Tagen bewusstlos und Marlene sagte, wenn er stirbt, bring ich mich um. Der stirbt nicht, sagte Toni und sein Gesicht sah klein aus, meinst du, fragte Marlene. Ganz bestimmt, und Toni fingerte an seiner Kette. Das mit den Tabletten bleibt unter uns, sagte Marlene gepresst, sonst könnt ihr was erleben, und Luisas Herz klopfte bis in die Ohren. Versteht sich von selbst, sagte Toni und sein Mund bewegte sich nicht beim Reden. Hand drauf, und Marlene hob ihren Arm. Luisa zitterte, Tonis Hand war kalt.

Und noch eins: für Ben gibt's außer mir nichts Wichtigeres als seinen Vater, habt ihr verstanden? Luisa blickte in Marlenes Gesicht, ich sage kein Wort, antwortete Luisa. Sie fühlte, dass ihr Geheimnis ein Schatz war. Sie formte ihre Hand zu einer Faust und niemand hätte sie öffnen können.

Was war los? Herr Mulic saß auf seinem Pult und Luisa dachte, der hat vielleicht Augen, von diesem Blick träume ich, sagte Marlene. Herr Mulic lebte in einer Dachwohnung nicht weit vom See. Als er die Klasse zum Essen eingeladen hatte, war Luisa beeindruckt, dass der Kochherd in der Mitte der Küche stand, so kann ich von allen Seiten in den Töpfen rühren, sagte Herr Mulic. Im Badezimmer über dem Zahnglas hing ein Passfoto seiner Freundin.

Ich kann mich nicht erinnern, antwortete Luisa. Das Brusthaar von Herrn Mulic krauste sich bis zum Hals, die Wandtafel war mit Formeln vollgeschrieben. Herr Mulic fasste Luisa an den Handgelenken. Der Wind füllte die Vorhänge und Herr Mulics Atem prickelte wie Mineralwasser. Ich weiß nichts, flüsterte Luisa.

Herr Mulic hatte sie im Morgengrauen gefunden. Ben lag zusammengerollt unter einem Baum. Marlene kauerte mit aufgerissenen Augen neben ihm und lallte vor sich hin. Beide hatten Wunden im Gesicht. Luisa schlief unter einer Bank am See. Überall lagen leere Flaschen herum. Es ist ein Skandal, sagte man.

Vielleicht kann ich helfen, sagte Herr Mulic und blickte Luisa fragend an. Luisa schielte an ihm vorbei auf die Vorhänge und zwischen den Falten surrte eine Fliege.

Nach vier Tagen wachte Ben auf. Sein Vater schickte ihn in ein Internat, am Arsch der Welt, sagte Marlene. Marlene und Luisa mussten zur Polizei und später vors Jugendgericht. Ich werde bestimmt nichts verraten, sagte Marlene, ich hab's Ben zum Abschied geschworen, und Marlene streckte Luisa die Hand hin. Ich tu's für Ben, flüsterte Marlene und ihre Stirn schimmerte und Luisa wusste, dass Marlene und sie etwas Großes taten. Stell dir vor, wenn wir die Wahrheit sagen würden, sagte Marlene. Sie hatte recht.

September. Ziegler war nicht am Sommerfest gewesen. Luisa hatte es sich gewünscht und dann eingebildet. Schlag dir den aus dem Kopf, sagte Marlene. Gestern war ein Film im Fernsehen. Der Cowboy küsste seine Freundin zum Abschied und verschwand in der Ferne. Man sah ihn von hinten, seinen Hut, seinen Rücken und seine Hose. Ende.

Das Dorf hatte einen Kern und der Kern hieß Dorfplatz. Der Hornbach tauchte auf und unter. Nicht weit vom Dorfplatz tauchte er unter. Rund um den Platz standen der Polizeiposten und die reformierte Kirche und das Gemeindehaus und die Schulpflege. Das Brunnenwasser floss gleichmäßig im Brunnen mit eingravierter Jahreszahl. 1905. Eine Tanne ragte über die Kirche hinaus, bis in den Himmel. Die Gleise teilten das Dorf in oben und unten, rechts und links. Niemand rannte über den Dorfplatz und niemand spuckte auf die Pflastersteine außer Ziegler.

Der Kassettenrecorder spielte ein schnelles Lied. Ziegler saß allein auf dem Kiesplatz am See, er stützte seine Arme auf die Knie und wippte mit dem Kopf. Luisa blieb einen Meter hinter Ziegler stehen, Ziegler, rief sie und die Wolken hingen im Wasser. Ziegler reagierte nicht. Luisa streckte den Arm und tippte ihm auf den Rücken. Ziegler fuhr auf und hob die Hand, Luisa klammerte sich an ihre Jacke. An Zieglers Hose hing ein Karabiner, was willst du, schrie er, sein Kopf war ganz glasig und schwankte. Kennst du mich nicht mehr, fragte Luisa und blickte ihm so fest in die Augen, wie sie konnte. Hau ab, rief Ziegler, verpiß dich. Er bückte sich, drehte den Kassettenrecorder lauter und hockte sich wieder hin,

Luisa machte ein paar Schritte rückwärts. Ziegler hob die Hand, hau ab, rief er nochmals. Luisa drehte sich um. Und sie lief zu Herrn Zamboni.

VII

Luisa steht vor der Tür, drückt ihr Gesicht gegen das Muster der Scheibe und klingelt. Meine Liebe, Sie sind viel zu spät, meine Enkel sind schon lange weg. Frau Sunder schaut Luisa fragend an, ich habe Sie doch zum Frühstück eingeladen, erinnern Sie sich nicht? Egal, dann lade ich Sie jetzt zum Tee ein. Luisa räuspert sich, Sie sehen ganz anders aus. Wie finden Sie mich? Nett, antwortet Luisa. Frau Sunder trägt eine neue Brille ohne Rand. Sie zupft an ihrem Ohr und sagt, ich bin es gar nicht mehr gewohnt, so gestochen scharf zu sehen. Luisa zieht ihre Schuhe aus, fällt Ihnen etwas an mir auf? Wenn Sie mich so direkt fragen: Sie sehen mitgenommen aus, und Frau Sunder rückt ihre Brille zurecht.

Luisa setzt sich in die Küche, Frau Sunder macht Tee, fahren Sie über Weihnachten nach Hause? Nein, antwortet Luisa. Sie machen sich wohl nichts aus Feiertagen? Nein, und Luisa beißt in eine Dattel, der Kühlschrank brummt in regelmäßigen Abständen. Und warum nicht, wenn ich fragen darf, Frau Sunder setzt sich. Luisa schiebt sich eine Nuss in den Mund, ich mag diese Stille nicht. Frau Sunder zieht die Augenbrauen hoch und fährt mit der Handfläche über das Tischtuch, ich finde Weihnachten wunderbar, am ersten Weihnachtstag geben sich alle Mühe und am zweiten fliegen die Fetzen. Luisa nimmt einen Dattelkern aus dem Mund und legt ihn aufs Tischtuch.

Aber vielleicht denken Sie an eine Stille, die etwas Bedrohliches hat, Frau Sunder knackt Nüsse und kaut mit offenem Mund, ich erinnere mich an eine bestimmte Stille, von der ich Jahre später noch geträumt habe. In den Nächten vor den Bombenangriffen war es so ruhig, dass ich, lange bevor der Alarm losheulte, wusste, es liegt etwas in der Luft, Frau Sunder weitet ihre Nasenflügel. Wissen Sie, was ich dann zuerst tat? Immer dasselbe, ich band mir mein Kopftuch um, wie wenn mir diese Tätigkeit eine Sicherheit gegeben hätte.

Luisa schiebt die Dattelkerne zueinander, wie alt waren Sie damals? Lassen Sie mich überlegen. Bei Kriegsausbruch war ich zweiundzwanzig. Wo waren Sie während des Krieges? Auf der Flucht, oder unterwegs, wie Sie wollen, meine Liebe, und Frau Sunder taucht ihre Hand unter den Tisch.

Ich möchte Ihnen etwas zeigen. Frau Sunder steht auf, steigt auf einen Stuhl und reicht Luisa vier Fotoalben aus dem Küchenschrank. Kommen Sie, wir machen es uns im Wohnzimmer bequem. Frau Sunders Alben reichen Luisa bis zum Kinn, sie haben ein angenehmes Gewicht, denkt Luisa, als sie die Alben durch den Korridor trägt.

Frau Sunder setzt sich neben Luisa aufs Sofa, platziert die Alben zwischen ihnen. Ich weiß nicht, was in mich gefahren ist, ich habe selten den Drang, das hier jemandem zu zeigen, aber wieso sollte ich es nicht tun, und Frau Sunder legt behutsam eine Seite auf die andere, da sehen Sie, wie alt ich geworden bin, Frau Sunder zeigt auf ein zahnloses Kind mit einer Haarschleife, erkennen Sie mich? Ja.

Frau Sunder langt nach dem Schnaps neben dem

Sofa und schenkt ein, ich möchte Ihnen etwas erzählen, sagt Luisa. Frau Sunder hält ihr ein Glas hin, trinken Sie, meine Liebe, ein altbewährtes Hausmittel, sie kippt den Schnaps in sich hinein. Luisa ist verblüfft, wie rasch Frau Sunders Hinterkopf nach hinten und wieder nach vorn fällt, Zwetschgenschnaps, sagt sie, selbstgebrannt, und Frau Sunders Augen leuchten wie Scheinwerfer. Wo soll ich anfangen, fragt Luisa und Frau Sunder schiebt ihre Fotoalben beiseite, mittendrin, wo denn sonst. Luisa fängt an zu erzählen.

Valérie. Olivia. Francine.

Deine Namen sind extravagant, sagte Luisa. Du kannst dir vorstellen, wie lange meine Eltern darüber gebrütet haben, antwortete Valérie. Wenn ich ein Kind hätte, würde ich es einsilbig taufen, und Valérie nannte ein paar Namen. Lu zum Beispiel, Valérie knöpfte ihre Bluse zu und verstellte ihre Stimme. Komm Lu. Mach mal Lu. Sei schön brav Lu. Das ist doch viel einfacher, findest du nicht? Vielleicht hast du irgendwann Kinder, sagte Luisa. Wozu denn? Nenn mir einen Grund, warum ich mich fortpflanzen sollte.

Valérie hatte früher als Nachtschwester gearbeitet, ich wurde fristlos entlassen, weil ich den natürlichen Lauf der Dinge gestört habe, erzählte Valérie, riss die Vorhänge auf und öffnete das Fenster. Es war mitten in der Nacht. Luisa drehte sich auf die Seite und Valérie legte sich zu ihrem Rücken, ich habe den Chefarzt in einer Sitzung darauf hingewiesen, dass sich nicht alle Krankenschwestern einen großen Bruder wünschen. Luisa drehte ihren Kopf zu Valérie, sie hatte Flecken im Gesicht, mich interessiert nicht, was Sie unter dem weißen Kleidchen tragen, sagte ich zu ihm. Und Valérie lachte, ihr Lachen kippte über die Lippen hinaus.

Es scheint so, dass ich ein rotes Tuch bin, was meinst du, Valéries Sätze lagen oft wie eingepackt in der Luft. Luisa dachte an Valéries Blick, vielleicht solltest du eine Sonnenbrille tragen, wie kommst du denn darauf, fragte Valérie und Luisa antwortete, du hast Augen wie eine Zange. Wie eine was, fragte Valérie und Luisa überlegte einen Moment. Dein Blick ist bissig. So, und Valérie rümpfte die Nase, soll ich vielleicht noch eine Tarnkappe anziehen? Eine was, fragte Luisa. Später sagte Valérie, dir sollte man eine Laterne in den Kopf hängen, damit du ein paar Zusammenhänge kapierst.

Als Luisa Valérie kennenlernte, arbeitete sie in einer Trafik. Zwischen den Zeitungen und Zeitschriften sah man Valérie, bis Valéries Chef täglich aufkreuzte, ich bin doch kaum aus dem Schutzalter raus, sagte Valérie und konnte ihm schief ins Gesicht lachen. Stell dir vor, Lu, ich bin eine Attraktion für meinen Geldgeber. Je weniger ich will, desto mehr will er. So einfach ist das.

Valérie trank jeden Morgen drei Tassen Kaffee und aß drei dicke Scheiben Brot. Ich mag keine Brötchen, sagte Valérie und Luisa hatte die Brötchen in der Bäckerei gekauft. Und überhaupt, auf dieses Arschgesicht von Bäcker kann ich verzichten, manchmal dachte Luisa, dass Valérie am schönsten aussah, wenn sie sich über jemanden aufregte. Valérie kaute am Brot und nahm einen Schluck Kaffee dazwischen, hast du noch nie jemanden kauen sehen, und

Luisa antwortete, ich kann mich nicht an dir satt sehen. Kitschtante, rief Valérie, streckte ihre Finger zu Luisa und erzählte dann eine Geschichte, die hat mich wirklich umgehauen, sagte sie, ich fange mit dem Höhepunkt an: Ein Vater zeigt seiner Tochter, wie er Hummeln fängt, Valérie formte die Hand zur Faust und hielt sie Luisa ans Ohr, hörst du? Valérie konnte stundenlang Geschichten erzählen, ohne dass man sich langweilte. Der Witz sitzt in meinen Knochen, sagte sie.

Valéries Zimmer war ein ausgebauter Dachstock und größer als ihre jetzige Wohnung. Überall lagen Plüschtiere, Bücher und Spiele herum. Durch die Dachfenster sah sie direkt in den Himmel. Sie hatte ein eigenes Bad mit WC und durch zwei Türen Zugang zum Zimmer. Am Anfang kam er ab und zu, später immer häufiger, erzählte Valérie. Mit zwölf oder dreizehn fing sie an, Barrikaden zu bauen. Sie hoffte, dass er sich das Genick brechen würde, aber sie hatte kein Glück. Du bist etwas ganz Besonderes, sagte er immer wieder zu ihr. Aber weißt du was, sagte Valérie und schielte auf ihre Fingernägel, ich bewunderte seine fiebrige Routine, mit der er mir seidene Unterhosen und Büstenhalter aussuchte und mich dann mit bedeutungsvollem Blick prüfte, wenn ich ihm seine Auswahl vorführte.

Er erklärte mir Politik, Botanik oder Kunst, wichtige Themen, meinte er, du wirst eine gebildete Frau. Und er liebte alle Kinderspiele. An einem Herbsttag spielten wir Murmeln, Valérie rollte ein Zigarettenpapier zusammen und schnipste es über den Tisch, mit einem hellen, trockenen Geräusch stoppte eine Murmel die nächste. Es wird sich nie irgendetwas ändern, dachte ich plötzlich, die Tage und Nächte reihten sich ununterscheidbar aneinander.

Wenn er nach Hause kam, bürstete er als erstes seine Schuhe und cremte sie dann in aller Ruhe ein, dieser widerliche Alltagsdreck, sagte er. Er setzte Valérie neben sich aufs Sofa, sieh dir deine Mutter an, sie wird immer üppiger, findest du nicht, und Valérie merkte, dass sie ihren Vater überbot, sie ist nicht nur üppig, sondern fett.

Keine Geschwister, fragt Frau Sunder und streicht sich über die Lippen. Nein, antwortet Luisa und blickt auf die Laterne im Innenhof, die von einer Schneehaube umhüllt ist, ich wollte Sie nicht unterbrechen.

Der Apfel fällt nicht weit vom Stamm. In der Schule lernte Valérie Sprichwörter auswendig, die Sprichwörter kreisten in meinem Kopf wie lästige Fliegen, erzählte Valérie und schnappte nach Luft. Das war das erste Mal, dass ich an eine Verschwörung dachte. Eltern, Nachbarn, Schule, die ganze verlogene Welt steckt unter einer Decke. Valérie ritzte ihre Vornamen in einen Apfel und beobachtete, wie das Weiße bräunlich wurde. Dann schälte sie den Apfel und aß ihn.

Ihr Vater brachte ihr bei, wie man sich vorteilhaft unterhält, und bei seinen privaten Geschäftsbesprechungen war sie das Zünglein an der Waage, im Einsatz, wie ihr Vater es nannte. Für diese Anlässe suchte er ihr die passenden Kleider selbst aus. Oft dauerte es Stunden, alles muss stimmen, sagte er und Valérie schaute ihm gern zu, wie er alle möglichen

Kleider auf ihrem Bett auslegte, einen Schritt zurücktrat, den Kopf wiegte und vor sich hin murmelte. In diesen Momenten sah er ruhig und irgendwie glücklich aus. Du bist das Allerwichtigste, sagte er immer wieder und außer ihm sagte das niemand zu ihr. Gleichaltrige langweilten sie, was hätte ich mit denen anfangen sollen, fragte sie, nichts, antwortete ich, und Valérie wackelte gleichmäßig mit dem Stuhl, ihr Gesicht schien in der Luft zu hängen.

Sie konnte sich wünschen, was sie wollte. Stirb auf der Stelle, sagte sie ihm einmal direkt ins Gesicht. Ihr Vater schüttelte sie am Kinn und freute sich, du bist ganz meine Tochter, das merk ich an deiner Schlagfertigkeit.

Im benachbarten Haus sind vier Fenster beleuchtet, in einem hängt ein Herz aus Stroh, was macht der Herr Vater beruflich, fragt Frau Sunder. Unternehmensberater. Hinter Fenstern und in mattem Licht sehen die Menschen friedlich aus, denkt Luisa. Einer dieser Berufe, unter welchen man sich überhaupt nichts vorstellen kann, und Frau Sunder dreht ihren Kopf, gibt's da was Besonderes zu sehen?

Valérie war bereits volljährig, da wachte sie an einem gewöhnlichen Tag auf. Sie duschte und zog den Bademantel ihres Vaters an. Sie wartete, bis sie allein war. Ich bin ganz systematisch vorgegangen, erzählte sie.

Am Schluss lag alles auf einem Haufen im Arbeitszimmer ihres Vaters. Papierschnipsel und Kleiderfetzen, Möbelstücke und Bilder. Dann holte sie den Benzinkanister aus der Garage, schwenkte ihn wie eine Gießkanne über dem Haufen. Liebe Grüße, schrieb Valérie auf eine Postkarte, zündete sie an und steckte sie unter ein Bündel Akten. Die Flammen schossen so rasch und mächtig in die Höhe, dass sie zurückwich und einen Moment lang wie gebannt dastand. Plötzlich sah sie ihr eigenes Gesicht in Flammen, ich schreckte vor meinem eigenen Anblick zurück. Aber es war zu spät. Schmuck und ein paar Fotos, das war das einzige, was sie mitnahm.

Von der nächsten Telefonzelle aus benachrichtigte sie die Polizei. Dann fing sie an zu rennen, sie rannte so lange, bis sie irgendwo zusammensackte. Alle hatten immer über unser wunderbares Haus gestaunt. Wenn die Welt aus solchen Wundern besteht, steh ich Kopf, bis ich verrückt bin, und Valérie spannte ihre Nasenflügel, Lu, es gibt kein Happy-End, sagte sie.

Mit siebzehn hatte sie einen Lehrer um Hilfe gebeten, später dann den Hausarzt. Keiner hat ihr geglaubt, das kann doch nicht wahr sein, sagte der Lehrer, einer dieser vertrauenerweckenden Hippies, Valérie ließ die Augenlider hängen und rauchte langsam durch die Nase. Der Arzt schrieb ihr die Telefonnummer eines Psychiaters auf, ein alter Studienkollege, sagte er. Wie kann ich beweisen, dass ich die Wahrheit sage, fragte sie den Arzt. Die Antwort gab sie sich später selber. Du musst etwas Endgültiges tun, sonst glaubt dir keiner.

Dass so was überhaupt möglich ist, flüstert Frau Sunder. Im gegenüberliegenden Stockwerk schneidet eine Frau mit hochgestecktem Haar Brot, sie fährt langsam mit der Hand hin und her. Es ist möglich, platzt es aus Luisa heraus, sie greift nach dem Kissen in der Ecke des Sofas. Aber Frau Amrein, Sie verstehen mich falsch, ich drücke nur mein Bedauern aus. Ihr Bedauern? Ja, antwortet Frau Sunder. Ist das alles, und der Schnaps pocht in Luisas Ohren. Warum so geladen, meine Liebe, wie sollte ich mich Ihrer Meinung nach verhalten? Warum bin ich überhaupt hier, denkt Luisa. Sie könnten zum Beispiel aufstehen, hin und her laufen, fluchen, was weiß ich, der Schnaps brennt in Luisas Bauch. Frau Sunder rührt sich nicht, und wie haben Sie reagiert? Luisa drückt eine Mulde ins Kissen, ich habe geschwiegen. Frau Sunder runzelt die Stirn. Valérie ist ganz anders als ich.

Wie sagt man so schön, Gegensätze ziehen sich an, und Frau Sunder prostet Luisa zu. Oder eben nicht, antwortet Luisa. Verzeihen Sie, Frau Sunder streicht sich die Haare oberhalb der Stirn, der Fernseher läuft stumm hinter ihr, aber ich genieße die Narrenfreiheit des Alters, sie legt Luisas Füße in ihren Schoß, ich könnte doch Ihre Großmutter sein, finden Sie nicht? Luisa schaut auf die lautlosen Münder im Fernsehen. Frau Sunder beugt sich zu Luisa, ich bin eine alte Schachtel, alles, was Sie mir erzählen, nehme ich mit ins Grab. Luisa blickt in Frau Sunders Stirn und ihre Stirn ist angenehm frei.

Haben Sie einen Freund, und Frau Sunder fragt, warum fragen Sie? Erzählen Sie mir etwas über ihn. Frau Sunder schaut einen Moment lang in die Luft, Sie wollen also wissen, ob noch irgendwer auf die Alte wartet, ja, meine Liebe, das tut einer, und ich sage Ihnen, er ist nicht der Schlechteste, und Frau Sunder kippt sich den Schnaps in den Hals. Wie haben Sie ihn kennengelernt, Frau Sunder dämpft ihre Stimme, das kann ich Ihnen nicht erzählen, das bleibt ein Geheimnis.

Luisa zieht zwei Fotos aus der Hosentasche. Sie hält sich die Bilder dicht vor die Nase, schaut abwechselnd ins eine, dann ins andere Gesicht. Frau Sunder streckt ihren Kopf über die Bilder. Valérie. Und Frank. Finden Sie, die beiden passen zusammen? Rein äußerlich sind sie wie Tag und Nacht, antwortet Frau Sunder. Luisa legt die Fotos auf den Wohnzimmertisch, wie können dann die beiden etwas mit mir zu tun haben?

Hast du einen Liebhaber, fragte Valérie und Luisa antwortete, das weißt du ja schon. Valérie lag im Bett und stützte das Kinn auf die Hände, du könntest doch lügen. Luisa antwortete, vielleicht, und Valéries Rücken war übersät mit kleinen Muttermalen, komm schon, erzähl mir etwas über ihn, Luisa zuckte mit den Achseln. Ich bin nicht eifersüchtig, sagte Valérie, schieß los, sie ist wirklich außergewöhnlich, dachte Luisa. Wir haben uns am Bahnhof kennengelernt. Am Bahnhof, ein interessanter Ausgangspunkt, wo hat denn die Reise hingeführt? Luisa fuhr mit dem Finger um Valéries Muttermale und küsste sie, ich dachte, er interessiert dich nicht. Wie kommst du denn darauf, ich will mich amüsieren, das ist alles, antwortete Valérie.

Sag schon, wieviel bekommst du von ihm, und Valérie nannte ein paar Zahlen, du willst mich beleidigen, sagte Luisa. Valérie legte ihre Hand auf den Brustkorb, beleidigen? Gar nicht, meine Süße, aber wenn du was drauf hast, verlangst du was. Wie meinst du, fragte Luisa. Die Rechnung muss für dich aufgehen, Valérie ließ sich aufs Sofa fallen und lachte in ihre Wangen. Du verlangst also Geld? Geld oder andere Geschenke, Valérie streckte ihre Füße zu Luisa und konnte nicht aufhören zu lachen. Du bist nicht so skrupellos, wie du tust, sagte Luisa. Und Valérie antwortete, erzähl mir lieber, was du mit ihm treibst, ich möchte auch etwas davon haben.

Entschuldigen Sie, wenn ich so reinplatze, aber Sie haben nicht zufälligerweise auch ein Foto von sich dabei, fragt Frau Sunder. Luisa fixiert Frau Sunders Blick, ich habe nur alte Fotos. Ich würde sie gern sehen. Warum, fragt Luisa. Bin ich zu indiskret, Frau Sunder nestelt an ihrer Bluse und greift nach der Flasche. Ich zeige sie Ihnen später.

Luisa sah Valérie von weitem auf sich zukommen. Sie drehte den Kopf in die andere Richtung, versteckte sich hinter der Zeitung. Du kannst mich unmöglich übersehen haben, sagte Valérie und lächelte über den Zeitungsrand, du weißt ja, ich bin sehr neugierig. Außerdem habe ich eine merkwürdige Vorahnung, Valérie wischte hastig mit dem Handrücken über Luisas Gesicht, ich bin verabredet, sagte Luisa und blickte an Valéries Haarbüscheln vorbei. Frank trug einen dunklen Anzug, guten Abend, sagte er. Wir reagierten nicht, einen Moment lang war es ganz still.

Dann trat Frank einen Schritt vor und räusperte sich, Luisa zeigte auf Valérie und Frank. Sie nickten einander zu, Valérie grinste Frank in die Augen, Sie tragen wirklich einen sehr schönen Hut, mein Herr, sagte sie und hörte nicht auf zu grinsen. Frank trug keinen Hut, seine Haare waren kurz geschnitten. Luisa zündete sich eine Zigarette an. Bis bald, rief Valérie, drehte sich um und ging.

Das also ist er, ich habe ihn mir ganz anders vorgestellt, Valérie rauchte und lachte sich die Zähne aus dem Mund. Wie heißt er mit Nachnamen, fragte sie. Warum fragst du, und Luisa fühlte ein Kribbeln in der Kehle. Auf Fragen stellt man keine Gegenfragen, das solltest du doch wissen, sagte Valérie. Frank Ulrich. Valérie blies den Rauch langsam durch die Nase, schreib mir den Namen bitte auf. Luisa schrieb in Großbuchstaben Frank Ulrich auf ein Stück Papier, und wir blickten beide auf den beschriebenen Zettel, als wäre er besonders wichtig. Valérie heftete den Zettel an ihre Küchenwand.

Nach einer Weile rieb sich Valérie mit den Handflächen die Wangen, schloss die Augen und sagte gezielt, ich kenne deinen Frank. Luisa blickte auf den Zettel und dann in Valéries Gesicht, das eine hatte mit dem anderen nichts zu tun. Auf dem Küchentisch standen zwei Tassen, eine Packung Milch, eine Schachtel mit Würfelzucker, Zeitungen und Zeitschriften. Willst du nicht wissen, woher ich ihn kenne? Luisa hörte Valéries Stimme in der anderen Ecke der Küche, nicht jetzt, sagte Luisa, nahm ihren Mantel und ging. Valérie rief ihr nach, du bist feiger, als ich dachte. Ich warte nur auf den richtigen Moment, antwortete Luisa, das ist alles.

Am letzten Sonntag klingelte das Telefon, Luisa und Frank saßen am Frühstückstisch. In Franks Küche stand außer dem Tisch und den beiden Stühlen ein Toaster. Frank sagte, er müsse sofort los, zur Arbeit. Unterschiedlich dicke Brotscheiben lagen auf dem Tisch, Luisa schnitt sich ein Stück Butter ab und sah zu, wie Frank sich das Hemd in die Hose stopfte. Sie strich mit dem Messer hin und her und fragte, wie heißt sie? Frank wartete einen Moment lang, bevor er Luisa aufs Ohr küsste und flüsterte, ich hoffe, du bist eifersüchtig. Er legte zwei Scheine fürs Taxi neben die Butter, ich will nicht, dass du auf mich wartest. Ein Kommunikationsnotfall, fragte Luisa und staunte über sich. Hätte ich nicht besser formulieren können, antwortete Frank. Luisa fragte sich, ob sie Frank darauf hinweisen sollte, dass sein Scheitel schief gezogen war. Sie biss ins Brot und fühlte die kalte Butter auf den Zähnen.

Hast du was dagegen, wenn ich mir noch ein Brot toaste, fragte Luisa. Franks Gesicht lächelte. Er fixierte Luisa und sagte, du hast eine abstruse Art, unverständig zu sein. Dann richtete er seine Krawatte, packte den Schlüsselbund und sein Rücken winkte im Gehen. Wozu brauchst du all die Schlüssel, rief ihm Luisa nach.

Luisa duschte, kämmte sich das Haar, drehte sich kurz vor dem Spiegel, zog sich an, wählte die Nummer der Taxizentrale und kroch unters Bett. Unter Franks Bett lagen zwei Dutzend Fotografien, von Frank und Franks Frau. Sie waren auf Handflächengröße zugeschnitten und wie ein Dominospiel angeordnet. Luisa führte die Fotos bis zur Nasenspitze und wieder weg, die Bilder hatten einen scharfen Glanz im Morgenlicht. Das also ist mein Liebhaber mit seiner Frau. Und Luisa fror bis in die Füße. Sie versuchte sich vorzustellen, in welcher Stimmung Frank unters Bett gekrochen war, um die Fotos auszulegen.

Zuhinterst an der Wand lag eine unscheinbare Tasche, man hätte sie genauso gut übersehen können. Luisas Hand streckte sich, griff nach der Tasche und zog sie langsam näher. Luisa fühlte sich wie ein Dieb, sie öffnete den Reissverschluss und ließ ihre Hand im Innern verschwinden. In der Tasche war eine Waffe, in ein dunkelgrünes Seidentuch eingewickelt. Luisas Finger befühlten das Metall von allen Seiten, die Waffe war kälter als die Finger und der Luftzug im Nacken. Es klingelte an der Haustür. Luisa steckte die Fotos in die Tasche, kroch unter dem Bett hervor.

So kam es, dass Luisa Franks Haus bewaffnet verließ.

Eine echte Waffe mit allem Drum und Dran, fragt Frau Sunder und spreizt ihre Finger, ich meine, mit Munition? Mit Munition.

Luisa fuhr mit dem Taxi zu Valérie, sie war nicht zu Hause. Auf ihrem Küchentisch lag ein Brief. Liebe Lu. Ich muss dringend weg und sowieso: es ist besser, wenn wir uns die nächste Zeit nicht sehen. Ich vermisse dich immer. Luisa steckte den Brief in ihre Manteltasche und sah sich in Valéries Küche um, nichts deutete auf eine Veränderung hin. Luisa zündete sich eine Zigarette an und las die Zeitungsartikel, die an Valéries Küchenwand klebten. Dann durchsuchte sie alle Schubladen und Schränke. Valérie sammelte Kleinkram, unnützes Zeug, sagte Valérie und Luisa wühlte in Schachteln, Säcken und Taschen. Später wusste Luisa nicht mehr, wo sie die Visitenkarte gefunden hatte. Alfred Ulrich stand schwarz auf weißem Papier. Rechtsanwalt. Luisa legte die Visitenkarte in ihr Notizbuch. Dann verkroch sie sich in Valéries Bett und schlief sofort ein.

Luisa knipste die Nachttischlampe an. Valérie saß aufrecht im Bett, ihr Gesicht wartete frei und schlaflos in der Luft. Luisa legte die Decke um Valéries Schultern, ihre Augen lagen reglos in Luisas Blick. Sie steckte sich eine Zigarette in den Mund, verschränkte die Arme im Nacken und blies den Rauch an Luisa vorbei.

Hast du meinen Brief übersehen, fragte Valérie. Erzähl mir alles über Frank, sagte Luisa. Die Unschuld hat sich's anders überlegt, Valérie tippte die Asche in ihre linke Hand, und wenn ich jetzt keine Lust mehr dazu habe? Du wolltest mich doch aufklären, sagte Luisa, Valérie wartete einen Moment, schmirgelte ihre Lippen aufeinander, stand dann rasch auf und verschwand in der Küche. Luisa hörte, wie sie das Geschirr zusammenstellte und zu spülen anfing.

Es dauerte eine Stunde, bis Valérie in den Korridor rief, komm rein und setz dich. Der Tisch war normalerweise überfüllt, jetzt war er leer. Valérie deutete auf den Stuhl gegenüber dem Fenster, du bist Teil der Sitzung, ich verhöre mich, du hörst zu. Wie meinst du, fragte Luisa. Du wirst schon sehen, und Valérie setzte Kaffee auf. Alles soll ungefähr so ablaufen wie vor Gericht, mit dem kleinen Unterschied, dass ich mich jetzt selbst befrage.

Wozu soll das gut sein? Ich will uns einen Überblick verschaffen, Valérie richtete sich die Haare vor dem Küchenspiegel und setzte sich kerzengerade auf den Stuhl vor dem Fenster. Sie stellte sich die

Fragen, die man ihr vor Gericht gestellt hatte. Und solche, die man mir hätte stellen sollen, sagte Valérie. Sie kommentierte jede Frage lange und ausschweifend, Luisa sah alles deutlich durch Valéries schwebendes Gesicht hindurch, du sollst mich nicht anstarren, sondern zuhören, Valérie wiederholte das Gesagte und forderte Luisa auf, Notizen zu machen, aber nicht mitschreiben, sagte sie.

In dieser Nacht erfuhr ich Valéries Geschichte.

Ja. Ich habe Feuer gelegt. Ich habe keinen anderen Ausweg mehr gesehen, als gegen das Gesetz zu verstoßen, um mir Gehör zu verschaffen. Meine Tat bezeugt das Unrecht, das mir angetan wurde, das ist die Wahrheit. So lauteten Valéries erste Aussagen vor Gericht und Valérie steckte den Kaffeelöffel senkrecht in die Zuckerdose, und von diesem Unrecht wollte ich im Schutz des Gerichts erzählen.

Aber dem hohen Gericht, allesamt Familienväter, wie ich später erfahren habe, erschien das Ausmaß und die Grausamkeit meiner Schilderungen schlicht unvorstellbar und deswegen unglaubwürdig, meine Antworten waren ihnen zu ungenau. Psychologische Gutachten bezeichneten mich als offensive Persönlichkeit, die sich immer wieder in Widersprüche verstrickt. Valérie breitete die Gerichtsakten und die Zeitungsartikel, die über sie geschrieben worden waren, auf dem Küchentisch aus.

Ich hatte nicht die richtigen Antworten zu den Fragen, die mir gestellt wurden. So hätte ich detailliert wissen müssen, wann was passiert ist. An Wochenenden? An Feiertagen? An Geburtstagen? Ich wurde sogar nach den Uhrzeiten gefragt. Immer wieder, antwortete ich. Morgens. Abends. Nachts. Irgendwann. Ich habe leider vergessen, Buch zu führen, aber offensichtlich spielt sich so was in Ihrer Phantasie an außergewöhnlichen Tagen ab, und der Richter drohte mir mit einer Geldstrafe wegen Ehrverletzung. Für ein Opfer sind Sie zu vorlaut, höhnte der Anwalt meines Vaters.

Sie wurde verurteilt, fragt Frau Sunder. Ja, zu zwei Jahren Haft wegen vorsätzlicher Brandstiftung. Ihr Vater wurde freigesprochen.

In solchen Fällen wie in meinem wäre es nie möglich, die gesetzlich geforderten Beweise zu erbringen. Ein Mann wäscht den anderen, sagte Valérie und lachte beklemmend, ich wusste, dass die Beziehungen meines Vaters weitreichend sind, aber damit hatte ich nicht gerechnet. Der letztmögliche Beweis wäre, sich umzubringen.

Es war sieben Uhr morgens, als Valérie die Finger hob, ich bezeuge hiermit, dass ich die Wahrheit gesagt habe und nichts als die Wahrheit.

Der Anwalt deines Vaters ist Franks Vater, fragte Luisa. Ja. Und Frank hatte den Prozess mitverfolgt. Er sei vom Verlauf von Anfang an schockiert gewesen, erzählte mir Ulrich junior später, als er mich im Knast besuchte. Wenn das Gericht einen Mann mit dem Ansehen deines Vaters verurteilt hätte, hätte es sich selbst verurteilt, sagte Frank und er hatte nicht unrecht damit.

Valérie stand auf, öffnete das Fenster, stell dir vor, der Spross einer alteingesessenen Anwaltsfamilie überwirft sich wegen mir mit seinem Vater, dem er übrigens aus dem Gesicht geschnitten ist, kappt seine natürliche Anwaltskarriere, sein ganzes bisheriges Leben, du hast ein Erdbeben in mir ausgelöst, sagte Frank jedesmal, wenn er mich besuchte. Valérie zog die Schuhe und Socken aus, setzte sich aufs Fensterbrett, kannst du dir das vorstellen, fragte sie. Kalte Luft drängte in die Küche und Luisa blickte auf Valéries Umriss im Fenster, sie kam mir plötzlich ganz fremd vor.

Wie schön, dass du mich für die Verwirklichung deiner persönlichen Revolution ausgesucht hast, sagte ich ihm, oder liest du gerade einen Abenteuerroman? Aber Frank stellte sich taub. Er war besessen von der Vorstellung, mir zu helfen, wir werden deinen Fall nochmals aufrollen, du musst dich mir anvertrauen.

Lu, ausgerechnet dem Herrn Sohn hätte ich trauen sollen, kann ich sonst noch was für dich tun, fragte ich ihn. Ich ließ ihn monatelang auflaufen, je offensichtlicher ich ihn demütigte, desto mehr bemühte er sich, das alte Spiel, sagte Valérie, auch wenn ich im Knast bin, kriegst du mich nicht. Irgendwann weigerte ich mich, ihn zu sehen, seine Briefe schickte ich ungelesen zurück. Mehr kann ich dazu nicht sagen.

Und nach deiner Entlassung, fragte Luisa. War ich resozialisiert, Valérie lachte. Eine Zeitlang hat er mich belagert, dann tauchte er plötzlich nicht mehr auf, ich war fast beleidigt, und Valéries Wangen schimmerten matt und Luisa fiel erstmals auf, dass der Rahmen des Küchenfensters gelb gestrichen war. Hattest du nie mit dem Gedanken gespielt, was mit ihm anzufangen? Nein, Valérie erhob sich, stand mit nackten Füßen auf dem Fensterbrett, hielt sich mit einer Hand am Rahmen und lehnte mit dem Oberkörper in die Luft hinaus, sein selbstbezogenes Helfersyndrom ging mir auf die Nerven, darauf war ich richtig eingeschossen, Valéries Stimme hallte im Innenhof. Inzwischen glaube ich, dass Frank mir damals wirklich helfen wollte, Valérie lehnte sich immer weiter in die Luft hinaus, Luisa hörte auf zu atmen, ich konnte mir nicht helfen lassen, schon gar nicht von ihm, rief Valérie in den Hof hinunter. Es hallte eine Ewigkeit nach.

Dann sprang sie auf den Boden, schloss das Fenster und setzte wieder Kaffee auf, ihre Zehen waren blau angelaufen. Wir sind so verschieden, sagte Valérie und schenkte Kaffee ein, das Schlechte ist meine erste Natur und die zweite kenne ich noch nicht, verstehst du? Luisa blickte ihr stumm ins Gesicht. Ich kann nicht über mich hinaus, flüsterte Valérie, du verbrennst dir irgendwann die Finger an mir. Ich habe uns zwei Tickets nach Prag gekauft, sagte Luisa. Valérie verdrehte die Augen, ich bin nicht romantisch veranlagt, sie lachte und ging rückwärts ins Schlafzimmer, und was wird aus deinem Wochenendliebhaber?

Luisa folgte ihr, ich muss ihn noch einmal sehen. Valérie schnappte nach Luisa, wenn du dich wieder mit ihm triffst, hast du mich verraten, sagte sie und steckte ihre Hände in Luisas hintere Hosentaschen, Valéries Atem roch nach Kaffee und Zigaretten, Frank hat's auf mich abgesehen, glaub mir, solche Zufälle gibt's nicht. Und Valérie machte kleine Schritte aus der Hüfte heraus, ihre Beine lenkten Luisas Beine, bist du sicher, fragte Luisa. Todsicher.

Luisa lehnte sich zurück, sie sah sich in den Silberfenstern von Valéries Pupillen, Valérie übernahm Luisas Gewicht und sie drehten sich langsam im Kreis, mit jeder Drehung wurde die Luft wärmer, jetzt hab ich dir meine Geschichte angehängt, sagte Valérie leise. Das Zimmer vergrößerte sich, Luisa vergaß sich im Kreisen, alles verschwamm bis zur Unkenntlichkeit, in einer Woche fahren wir nach Prag, und Luisas Kopf fiel nach vorn, auf Valéries Schulter.

Luisa hielt die Waffe mit beiden Händen, wer sucht, der findet, schlug es gegen ihren Kopf. Frank lag unter dem Bett. Er sah ganz anders aus als in der Eingangshalle oder im Auto. Luisa fühlte einen Druck zwischen den Schultern, es war erstaunlich, wie schwer die Waffe wog. Sie streckte die Arme, zielte auf seine Füße, auf ihn. Eigentlich tust du mir einen Gefallen, wirklich, sagte Frank, du könntest nichts Besseres für mich tun. Valérie hatte Luisa die Schlagzeile gezeigt, Tochter legt kaltblütig Feuer. Warum passen mir die Kleider deiner Frau, und Luisa kniete nieder, auf den Boden, der Arm streckte sich weiter nach vorn, die Füße waren warm, das Herz klopfte normal.

Gewisse Ähnlichkeiten zwischen euch sind nicht von der Hand zu weisen, und Frank ordnete die Fotos so an, wie sie gewesen waren, findest du nicht, fragte er. Luisas Arm wurde immer kälter. Wenn der Arm abgestorben ist, drücke ich ab. Ich glaube nicht, dass du genügend Mut hast, Frank drehte sich auf den Rücken, es würde nicht zu dir passen. Luisa sah Valérie vor sich, wie sie Feuer legte, würdest du es wieder tun, fragte Luisa. Die Frage ist mir zu blöd, um sie zu beantworten.

Wen wolltest du erschießen, mich oder deine Frau? Hast du noch nie was von Einbrechern gehört, Dieben, Mördern? Die Waffe ist für den Notfall gedacht, im übrigen schieße ich nicht auf Frauen. Franks Satz hallte in Luisas Ohren nach, und auf Valérie, würdest du auf sie schießen? Frank drehte sich auf den Rücken, seine Hosenbeine waren hochgerutscht, die Socken freigelegt. Valérie ist eine Ausnahme, sagte Frank langsam und streckte seinen Kopf unter dem Bett hervor. Luisa fühlte die kalte Luft im Nacken, den Teppich unter den Knien. Ist das deine Art abzurechnen, und Luisas Stimme zog sich wie eine Linie durchs Zimmer. Du und ich, wir sind uns zufällig begegnet, sagte Frank und erhob sich langsam, komm, gib mir die Waffe. Luisas Arm streckte sich weiter nach vorn, der Arm hatte nichts Lebendiges mehr, der Kopf zog sich zu einem Punkt zusammen. Nach dem Tod wartet das ewige Leben, sagte Luisa und stand auf, Frank kam auf sie zu, die Arme hingen neben ihm, die Krawatte halbierte seinen Oberkörper, ich bin nicht religiös, flüsterte Frank, sei doch vernünftig, seine Hand streckte sich, sie berührte fast den Lauf, Luisa spürte den kalten Finger am Drücker, warum hast du dich an mich rangemacht? Franks Hand drehte sich, seine Finger kamen langsam näher, legten sich um den Lauf, Luisa blickte auf seine Handfläche, auf seine Verzweigungen und Linien, der Finger war abgestorben.

Im gegenüberliegenden Haus leuchten zwei Fernseher. Luisa setzt sich auf, ich habe die Waffe gefunden. Na und, und Frau Sunder schraubt an ihrem Fingerring. Ich habe die Waffe gefunden, ich hätte sie genausogut übersehen können, Luisa hängt sich an Frau Sunders Augen, der Schnaps pocht in ihren Schläfen. Sie denken sich in eine Sackgasse, sagt Frau Sunder, glauben Sie mir. Sie füllt Luisas Schnapsglas auf, in solchen Momenten hilft das scharfe Zeug, um bei Verstand zu bleiben. Luisa klemmt das Glas zwischen zwei Finger, prostet Frau Sunder zu, auf uns, und der Schnaps schießt direkt in den Bauch. Und übrigens heißt es, wer sucht, der findet, und nicht umgekehrt. Um Frau Sunders Brillengläser glänzen Kreise in allen Farben, die Kreise steigen langsam in die Luft, schweben über Frau Sunders grauem Haar, was wollen Sie damit sagen, fragt Luisa.

Kommen Sie, wir brauchen ein bisschen Bewegung. Frau Sunder nimmt Luisa an der Hand, sie schwanken Richtung Küche, ich werde Sie bekochen, und Frau Sunder stützt sich an den Wänden des Korridors ab. Ich komme mir so vor wie Ihre kleine Schwester, sagt Luisa. Von mir aus, Großmutter, Mutter, Schwester, spielt doch keine Rolle, ich mag Sie, meine Liebe, Hauptsache, Sie begreifen das. Und Frau Sunder streift mit dem Handrücken über Luisas Wange, haben Sie die Waffe noch, in Frau Sunders Falten sitzt ein Lächeln, ihre Sätze riechen angenehm nach Schnaps, denkt Luisa und staunt, dass sie so klar und deutlich spricht.

Würden Sie etwas für mich tun? Und Luisa versucht, einen Punkt zu fixieren, eine Perle von Frau Sunders Kette. Ich würde bestimmt etwas für Sie tun, Frau Sunder lehnt sich an die Wand und fährt mit den Fingern über ihre Bluse, wenn Sie mir meine Frage beantworten. Luisa schaut wieder auf, neben Frau Sunders Kopf hängt eine verschwommene

Landschaft, ich flüstere es Ihnen ins Ohr, sagt Luisa. Und Frau Sunder antwortet lachend, seit Jahren hat mir niemand mehr ins Ohr geflüstert.

Ilija Trojanow im dtv

»Trojanow überrascht, wo er nur kann.«
Der Spiegel

Der Weltensammler
Roman
ISBN 978-3-423-**13581**-8
Als Kundschafter der englischen Krone soll Burton in Britisch-Indien dienen – eine verlockende Aufgabe, die bald zur Obsession wird …

Nomade auf vier Kontinenten
Auf den Spuren von Sir Richard Francis Burton
ISBN 978-3-423-**13715**-7
Unterwegs auf den Spuren des sagenumwobenen Burton in Indien, Mekka, Sansibar und bei den Mormonen in Utah.

Die Welt ist groß und Rettung lauert überall
Roman
ISBN 978-3-423-**13871**-0
Alex' Eltern ertragen den Alltag unter der Diktatur in ihrem Heimatland nicht länger, und hinter dem Horizont lockt das gelobte Land …

Der entfesselte Globus
Reportagen
ISBN 978-3-423-**13930**-4
Faszinierende Berichte aus Afrika, Indien, Asien und Bulgarien.

Autopol
in Zusammenarbeit mit Rudolf Spindler
dtv premium
ISBN 978-3-423-**24114**-4
Bei der jüngsten Aktion seiner Widerstandsgruppe wird Sten geschnappt. Einmal zu oft. Er wird »ausgeschafft«, dorthin, von wo es kein Zurück gibt – nach Autopol.

Die fingierte Revolution
Bulgarien, eine exemplarische Geschichte
ISBN 978-3-423-**34373**-2
Seit dem Fall des Eisernen Vorhangs hat Trojanow Bulgarien regelmäßig besucht. Das Resümee: Die alte Nomenklatura wurde nie abgelöst, die Vergangenheit ist nicht bewältigt.

Ilija Trojanow und Juli Zeh
Angriff auf die Freiheit
Sicherheitswahn, Überwachungsstaat und der Abbau bürgerlicher Rechte
ISBN 978-3-423-**34602**-3
»In ihrer provokanten Streitschrift rufen Juli Zeh und Ilija Trojanow dazu auf, dem Ausverkauf der Privatsphäre den Kampf anzusagen.« (taz)

Vladimir Vertlib im dtv

»Vertlib ist ein bedächtiger Erzähler mit wachem Sinn für die Komik ernster Dinge, die heillose Verstrickung der Menschen in Konflikte, die sie nicht suchten; für die erbarmungslose Mechanik, die sie dabei in Gang setzen.«
Karl-Markus Gauß in ›Die Presse‹

Das besondere Gedächtnis der Rosa Masur
Roman
ISBN 978-3-423-**13035**-6

Die 90-jährige Rosa Masur erzählt ihr Leben: ein wunderbares Stück erlebte Geschichte Russlands im 20. Jahrhundert.

Zwischenstationen
Roman
ISBN 978-3-423-**13341**-8

Authentisch und exemplarisch für die Emigrationserfahrung im 20. Jahrhundert erzählt Vladimir Vertlib die Geschichte der Irrfahrten einer russisch-jüdischen Familie auf dem Weg in die erhoffte Freiheit.

Letzter Wunsch
Roman
ISBN 978-3-423-**13439**-2

Gabriel Salzinger versucht den letzten Wunsch seines Vaters zu erfüllen: ein Grab auf dem jüdischen Friedhof in Gigricht. Doch es gibt ein Problem: Jemand hat herausgefunden, dass der Vater nach orthodoxem Verständnis gar kein Jude war.

Mein erster Mörder
Familiengeschichten
ISBN 978-3-423-**13634**-1

Drei Lebensgeschichten, geprägt von Flucht und Unbehaustheit, die Vertlib zurückhaltend und klug von seinen Figuren erzählen lässt. »Dieses Buch lehrt mehr über Flüchtlingsschicksale als alle Ausstellungen.« (Verena Auffermann)

Am Morgen des zwölften Tages
Roman
ISBN 978-3-423-**14146**-8

Astrid Heisenberg und ihren Großvater verbindet eine enge Beziehung zum Orient. Doch während Sebastian Heisenberg ein bekannter Orientalist war, drückt sich Astrids Faible in wenig glücklichen Liebesbeziehungen zu orientalischen Männern aus.

Aleksandar Tišma im dtv

»Tišma sieht, zeigt und erzählt wie einer,
der alles über den Menschen zu wissen scheint.«
Ursula März in der ›Frankfurter Rundschau‹

Der Gebrauch des Menschen
Roman

ISBN 978-3-423-**11958**-0

Bis zum Zweiten Weltkrieg kommen die Menschen in Novi Sad relativ friedlich miteinander aus – Serben, Ungarn, die deutschsprachigen »Schwaben« und Juden. Krieg, Terror und Unmenschlichkeit reißen die Stadt aus ihren Träumen.

Die Schule der Gottlosigkeit
Erzählungen

ISBN 978-3-423-**12138**-5

In Extremsituationen zeigt sich die Natur des Menschen unverhüllt. Vier Geschichten aus dem Krieg.

Kapo
Roman

ISBN 978-3-423-**12706**-6

»Tišmas Roman ist ein ebenso großartiges wie irritierendes Psychogramm eines älteren Juden, der als junger Todeskandidat ins KZ gekommen war und als Handlanger der Mörder überlebte ... ein meisterhaftes Stück Literatur.« (Tages-Anzeiger)

Ohne einen Schrei
Erzählungen

ISBN 978-3-423-**13423**-1

Liebe und Hass, Triumph und Erniedrigung. Jede von Tišmas Geschichten erzählt ein unvergleichbares Schicksal, jede von ihnen ist ein kleiner Roman.

Reise in mein vergessenes Ich
Tagebuch 1942 – 1951
Meridiane Mitteleuropas

ISBN 978-3-423-**13631**-0

Die Jugendtagebücher Tišmas und der Bericht einer Reise, die ihn in den 60er Jahren nach Warschau, Wien und Budapest führte: der innere Werdegang eines großen Schriftstellers.

Alle Titel wurden übersetzt von Barbara Antkowiak.